MOONWALK

M O O N W A L K

By

Michael Jackson

미르북
컴퍼니

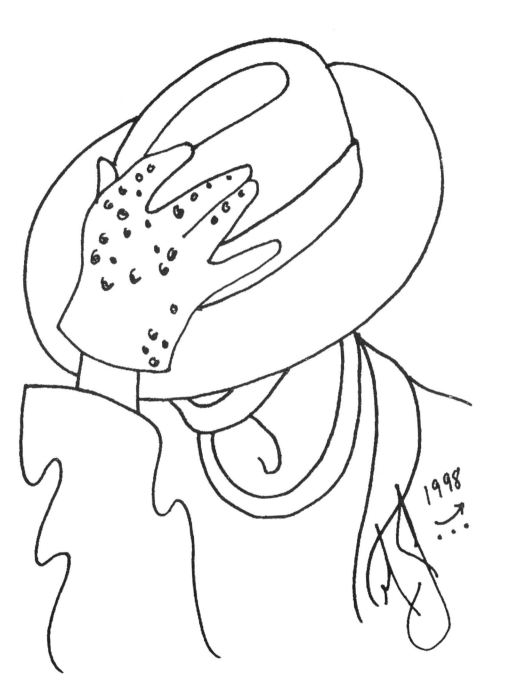

프레드 에스테어에게
이 책을 바칩니다.

서문

마이클 잭슨Michael Jackson은 10년에 한 명, 한 세대나 평생에 한 명 나오는 아티스트가 아니었다. 딱 한 번 나오는 아티스트였다. 그걸로 끝이다. 나는 운 좋게도 마이클이 아홉 살 때 만났다. 그때도 마이클에게는 눈을 뗄 수 없는 뭔가가 있었다. 솔직히 그걸 어떻게 할지 몰랐다. 이 꼬마가 어떻게 나한테 그런 영향을 미칠 수 있을까? 그게 워낙 강력했기에 난 아이들의 재주나 스타성으로 비즈니스를 한다는 불안감을 버리고 마이클과 그의 형제들이 재능을 발휘하고 키울 환경을 조성하기 시작했다.

그때도 마이클은 이해력이 있었다. 자신이 특별한 걸 알았다. 누구 못지않게 춤추고 노래하고 연기할 줄 알았다. 그는 무엇이든지 더 잘하고 싶어 했다.

배우고 싶고, 1위를 지키고 싶고, 최고이고 싶은 간절함으로 밀어붙였다. 그는 뛰어난 학생이었다. 가장 훌륭한 사람들을 연구하고 더 훌륭해졌다. 장애물을 들어 올리고 부셨다. 그의 재능과 창의성은 자신과 엔터테인먼트를 최고 단계로 밀어 올렸다.

마이클이 처음으로 자기 이야기를 털어놓은 것이 바로《문워크》였다. 삶을 돌아보면서 상황들을 어떻게 생각하는지, 어떻게 느끼는지 밝혔다. 이 책은 마이클의 진정한 천재성과 인디애나 주 게리 출신의 아이가 어떻게 노력해서 세계 최고의 스타가 되었는지 엿볼 수 있는 특별한 기회다.

《문워크》는 마이클의 본 모습을 많이 드러내지만, 그에 대해 정말 제대로 알려면 행간을 읽어야 한다. 하지만 마이클이 두 개의 인격을 가졌다는 말은 해야겠다. 무대 밖에서 그는 수줍고 상냥하게 말하고 아이 같았다. 무대에 올라 환호하는 팬들 앞에 서면 다른 사람으로 변했다. 거장으로, 단호한 쇼맨으로. 그에게 무대는 죽이거나 죽거나 둘 중 하나였다.

마이클은 작곡 작사, 가창, 프로듀스, 연기의 독창적인 거장이면서 사상가였다. 자신을 보호하기 위해 때로 머릿속으로 장치를, 말하자면 인격들을 만들었다. 무대 위에서, 무대 밖에서, 회의실에서, 담판 지을 때, 비즈니스 기획과 홍보할 때. 영리하다고! 맞다! 천재라고! 당연하지. 그는 모든 일을 해냈다. 의외의 인격을 내보였을지라도, 본심은 늘 순수하고 아름답고 사랑이 많았다.

1968년 7월, 마이클과 잭키, 저메인, 티토, 말론이 디트로이트의 모타운으로 오디션을 하러 왔다. 꼬마 마이클의 공연은 나이를 훌쩍 넘어선 수준이었다. 제임스 브라운과 잭키 윌슨처럼 춤추고 노래한 후,

스모키 로빈슨의 《후스 러빙 유Who's Loving You》를 인생의 산전수전을 다 겪은 사내의 서글픔과 고통을 담아 노래했다. 도저히 믿을 수가 없었다. 스모키의 노래도 훌륭하지만 마이클이 더 나았다. 내가 스모키에게 "이봐, 저 녀석한테 밀리는 것 같은데"라고 말했다. 그러자 스모키는 "나도 같은 생각이에요"라고 대답했다. 마이클과 형제들이 《에드 설리번 쇼The Ed Sullivan Show》에서 이 노래를 공연했을 때, 나머지 세상도 동의했다.

그러다가 내가 캘리포니아로 이주했고 그들은 고디와 모타운 가족이 되었다. 좋은 시절이었다. 우린 틈날 때마다 수영하고 농담하고 연습했다. 나는 작곡가 팀을 모았고, 그들은 네 장의 히트 음반을 만들어냈다. 《아이 원트 유 백I Want You Back》《에이비씨ABC》《더 러브 유 세이브The Love You Save》《아월 비 데어I Will Be There》. 《잭슨 5》는 첫 싱글 네 곡을 연속으로 1위에 올린 유일한 그룹이었다. 우리는 전율했다. 특히 마이클 덕분에 우린 큰 난관을 부수었다. 마이클에게 그것은 나머지 난관들을 모두 넘으라는 영감이었다. 그리고 그는 해냈다.

우리는 영화 《더 위즈The Wiz》를 제작할 때 마이클을 다이애나 로스와 함께 출연시켰다. 거기서 그는 전설적인 프로듀서 퀸시 존스와 만났다. 이들은 역사상 최대 판매 앨범 《스릴러Thriller》를 비롯해 《오프 더 월Off the Wall》《배드Bad》를 만들어냈다.

1983년 무렵 잭슨스는 더 이상 모타운 소속이 아니었다. 하지만 형제들이 다시 모여 텔레비전 스페셜 프로그램 《모타운 25 : 어제, 오늘,

영원》에 출연했다. 강력하고 짜릿한 히트곡 메들리를 공연한 후, 마이클이 혼자 무대에 서서 팝 역사를 쓰기 시작했다.《빌리 진Billie Jean》의 첫 비트와 모자를 던질 때부터 난 매료되었다. 하지만 그가 아이콘인 《문워크》를 했을 때 난 충격에 빠졌다. 그것은 마법이었다. 마이클은 궤도로 솟구쳤고 결코 내려오지 않았다.

너무 급히 끝나버렸지만 마이클의 삶은 아름다웠다. 물론 슬픈 때도 있고 의심스런 결정을 내린 때도 있었지만, 마이클 잭슨은 꿈꾼 모든 것을 이루었다. 아홉 살에도 마이클은 세계 최고의 엔터테이너가 되려는 열정을 품었다. 열심히 일하며 그다운 모습으로 세상의 "팝의 제왕"이 되기 위해 필요한 일은 뭐든지 했다.

어떤 꼬마가 어릴 적 원대한 꿈을 이루는 데 있어 무언가 희생이 필요하지 않았을까? 마이클은 모든 걸 사랑했다. 무대 위의 모든 순간을, 연습하는 모든 순간을. 그는 전에 없던 것을 창조하는 걸 좋아했다. 음악과 팬들에게 그가 가진 모든 걸 내주었다.

마이클은 어마어마했다! 완전히 주도했다. 사실 마이클 잭슨에 대해 생각하고 말할수록, "팝의 제왕"이란 표현으로도 부족한 것 같다. 그는 "역사상 가장 위대한 엔터테이너"였다.

베리 고디Berry Gordy

모타운 설립자

2009

13

마이클 잭슨에 대해 무슨 말을 할 수 있을까? 그는 세계 최고의 엔터테이너로 꼽히고, 혁신적이고 신명나는 작곡가다. 중력에 반하는 춤을 추고 프레드 아스테어와 진 켈리 같은 춤을 춘다.

대중은 그가 일에 어느 만큼 헌신하는지 모를 것이다. 쉬지 않고 만족을 모르는 그는 스스로 계속 도전하는 완벽주의자다.

많은 이들에게 마이클 잭슨은 알 수 없는 인물이지만, 같이 일하는 사람들에게는 아니다. 이 재능 넘치는 아티스트는 감수성이 예민하고, 따뜻하고 재미있고, 지혜가 풍부하다. 마이클의 책《문워크》는 일하는 아티스트와 생각에 잠긴 아티스트의 놀라운 모습을 보여준다.

재클린 케네디 오나시스Jacqueline Kennedy Onassis

J.F. 케네디 전 미국대통령 부인

나는 뭔가 발견하고 싶으면 그것에 대해 나온 과거의 모든 자료를 읽기 시작한다. 그러라고 도서관의 모든 장서가 있는 것이다. 이를 통해 지난 과거의 노고와 희생으로 무엇이 이루어졌는지 알게 된다. 출발점으로 수천 가지 실험 데이터를 모은 다음, 수천 가지 데이터를 더 만든다. 가치 있는 것을 성취하기 위한 세 가지 기본 요소는 첫째 고된 수고, 둘째 끈질김, 셋째 상식이다.

토머스 에디슨Thomas Edison

발명가

진정한 음악, 즉 천상의 음악, 이해를 능가하는 음악이 내게 다가올 때 그것 자체는 나와 아무 관계도 없다. 나는 다만 통로이기 때문이다. 내 기쁨은 오직 하나, 그것이 내게 주어져서 옮겨 쓸 수 있다는 것이다. 매개체처럼 말이다. 나는 그런 순간들을 위해 산다.

존 레넌John Lennon

비틀즈 멤버

M O O N W A L K

제1장

꿈을 품은 아이들

　나는 언제나 내 영혼에서 나오는 이야기를 말하는 재주가 있기를 바랐다. 난롯가에 앉아 사람들에게 이야기를 들려주고 싶다. 사람들이 상상하게 만들고, 울고 웃게 하고 싶다. 말처럼 아주 단순한 수단으로 사람들을 감정적으로 어디든 데려가고 싶다. 그들의 영혼을 흔들고 변화시킬 이야기를 들려주고 싶다. 늘 그럴 수 있기를 바랐다. 위대한 작가들이 그런 재주를 가진 걸 알면 어떤 기분일지 상상해보자. 가끔 나도 그럴 때가 있는 것도 같다. 발전시키고 싶은 부분이다. 어찌 보면 곡을 쓸 때 그런 소질을 발휘하고 다양한 감정을 끌어내지만, 이야기는 스케치 같다. 휙 지나간다. 이야기하는 방법, 듣는 사람을 사로잡는 방법, 사람들을 모아서 즐겁게 해줄 방법을 가르쳐주는 책이 없다. 의상도 없이, 분장도 없이, 아무 것도 없이 그저 나와 내 목소리만 있다. 듣는 이들을 어디든 데려가는 뛰어난 능력, 잠시지만 그들의 삶을 변화시키는 능력만 있는 것이다.

내 이야기를 시작하면서,《잭슨 5》The Jackson 5로 활동하던 어린 시절에 대한 질문을 받을 때마다 늘 하는 대답을 말해두고 싶다. 음악 활동을 시작할 무렵 너무 어렸기에 솔직히 기억나는 게 거의 없다. 사람들은 무슨 일을 왜 하는지 알 정도로 철이 들어서야 일을 시작하는데, 그건 호사다. 물론 난 그러지 못했다. 다들 겪은 일을 세세히 기억하지만, 난 고작 다섯 살이었다. 연예계 아이는 어리기에 주변에서 벌어지는 일을 잘 모르기 일쑤다. 그 아이의 인생과 관련된 많은 일들이 본인이 없는 자리에서 결정된다. 그래서 내 기억은 이렇다. 목청껏 노래하고 진짜 신나서 춤췄고, 아이치고는 너무 과로했던 기억이 난다. 물론 전혀 기억나지 않는 부분도 많다. 내 기억에《잭슨 5》가 뻗어나가기 시작한 무렵 난 겨우 여덟 혹은 아홉 살이었다.

나는 1958년 늦여름 밤 인디애나 주 게리에서 아홉 남매 중 일곱째로 태어났다. 아버지 조 잭슨Joe Jackson은 아칸소 출신으로, 1949년에 앨라배마 출신인 내 어머니 캐서린 스크루스Katherine Scruse와 결혼했다. 이듬해 큰누나 모린Maureen이 태어났고 어려운 맏이 역할을 해야 했다. 잭키Jackie, 티토Tito, 저메인Jermaine, 라토야LaToya, 말론Marlon이 연달아 태어났다. 나 다음으로 랜디Randy와 자넷Janet이 세상에 나왔다.

가장 어릴 적 기억은 아버지가 제철소에서 일했다는 것이다. 힘들고 정신을 갉아먹는 일이었고, 아버지는 음악 연주를 도피처로 삼았다. 당시 어머니는 백화점에서 근무했다. 아버지 덕분에, 또 어머니가

이 나이의 아이가 노래하고 춤추는 모습을 상상해봐라.

무척 음악을 사랑해서 늘 집에 음악이 흘렀다. 아버지와 삼촌은《펠콘스Falcons》라는 동네 알앤비 밴드로 활동했다. 아버지는 기타를 연주했고 삼촌도 마찬가지였다. 두 형제는 척 베리, 리틀 리처드, 오티스 레딩 같은 초기 록큰롤과 블루스 곡을 연주했다. 모든 곡이 멋진 스타일이었고, 각각의 음악 스타일은 당시는 어려서 잘 몰랐지만 아버지를 비롯한 우리 남매들에게 영향을 주었다.《펠콘스》는 늘 우리 집 거실에서 연습을 했고 나는 알앤비 음악을 들으면서 자랐다. 우리 남매 아홉, 삼촌의 자녀 여덟이 같이 어울려 대가족을 이루었다. 음악은 집안의 오락거리이자, 그 시절 우리를 하나로 뭉치게 하고 아버지가 가정적인 사람이 되게 했다.《잭슨 5》는 이러한 전통에서 태어났고, 나중에 잭슨스The Jacksons로 되었다. 이런 훈련과 음악 전통 덕분에 나는 독자적인 내 소리를 개척할 수 있었다.

어린 시절은 주로 가수 일로 기억된다. 노래하는 게 좋긴 했지만. 난 주디 갈랜드[1]처럼 무대 출신의 부모에게 떠밀려 연예계에 들어온 게 아니었다. 노래하는 게 즐거웠고 숨쉬기처럼 자연스러운 일이라서 가수를 했다. 부모나 가족이 아닌 음악 세계 속에서 나의 내면이 이 일을 하라고 떠밀었다.

이 점은 명확히 해두겠다. 학교에서 집에 돌아오면 책을 내려놓고

---

1 **Judy Garland.** 영화《오즈의 마법사》로 유명한 할리우드 배우. 극단 관계자였던 부모는 딸에게 연기를 강요했고 후에 주디는 약물과다로 사망했다. 옮긴이 주.

녹음실에 갈 채비를 할 시간밖에 없을 때가 있었다. 녹음실에 가면 밤 늦게까지, 실은 취침 시간을 넘겨서까지 노래하곤 했다. 모타운 녹음실의 길 건너에 공원이 있었는데, 거기서 놀던 아이들을 구경하던 기억이 난다. 나는 그런 자유 혹은 근심 없는 생활은 상상이 되지 않았지만 무엇보다도 아이들처럼 그런 자유를 누리고 싶었다. 밖으로 걸어 나가 그 애들처럼 되고 싶었다. 그렇기에 유년기에는 서글픈 순간들이 있었다. 어린이 스타는 누구나 똑같다. 엘리자베스 테일러^{Elizabeth} ^{Taylor}도 같은 감정을 느꼈다고 내게 말했다. 어린 나이에 일을 하면 세상이 지독히 불공평해 보일 수 있다. 리드 싱어 꼬마 마이클이 되라고 강요받은 적은 없지만 내가 그 일을 했고 사랑했다는 것 외에는 고된 일이었다. 예를 들어 앨범 작업을 할 때는 학교가 끝나자마자 녹음실로 갔고, 간식도 못 먹을 때도 있었다. 그럴 짬이 나지 않았다. 지쳐서 집에 오면 열한 시나 열두 시, 잠자리에 들 시간이 훌쩍 지나 있었다.

그래서 어릴 때 직업 전선에 나선 사람들을 보면 꼭 나를 보는 것 같다. 그들이 얼마나 아등바등 했는지, 뭘 희생했는지 안다. 또 무엇을 배웠는지도 안다. 나이 먹을수록 사는 게 더욱 큰 도전이 된다는 걸 배웠다. 왠지 늙은 기분이 든다. 늙은 영혼이 되어버린 기분, 산전수전 다 겪은 것 같다. 일하면서 산 세월이 길어서 내 나이가 고작 스물아홉 살이라는 사실이 좀처럼 받아들여지지 않는다. 이 업계에서 25년간 일했다. 가끔은 말년에 접어드는 것 같다. 80대가 되어 사람들이 등을 토닥이는 노인이 된 기분. 아주 어려서 직업 생활을 시작한

아버지와 어머니

탓이다.

처음 형들과 공연했을 때 잭슨스로 알려졌다. 나중에 《잭슨 5》가 되었다. 더 지나서 모타운을 떠나면서 잭슨스라는 이름을 되찾았다.

우리가 독립적으로 활동하며 직접 음악을 프로듀스하기 시작하면서 나 개인이나 그룹의 앨범은 전부 어머니 캐서린 잭슨에게 헌정되었다. 내 어머니의 첫 기억은 날 안고 《유 아 마이 선샤인You Are My Sunshine》 《코튼 필드Cotton Fields》 같은 노래를 불러주던 것이다. 어머니는 우리 남매들에게 자주 노래를 불러주었다. 그녀는 인디애나 주에 오래 살았지만 앨라배마에서 성장했고, 흑인들이 교회에서 영가를 듣는 것이 라디오에서 컨트리와 웨스턴 뮤직을 듣는 것처럼 자연스러운 지역이었다. 어머니는 오늘까지도 윌리 넬슨Willie Nelson을 좋아한다. 어머니는 늘 목소리가 고왔으니 내 가창력도 거기서 나왔을 것이다. 물론 하나님이 주시기도 했겠지만.

어머니는 클라리넷과 피아노를 연주했고, '레비'라는 애칭으로 불린 장녀 모린에게 가르쳐주었다. 라토야도 마찬가지였다. 어머니는 좋아하는 음악을 사람들 앞에서 연주하지 못하리란 걸 일찌감치 알았다. 재능과 실력이 부족해서가 아니라, 어릴 때 소아마비를 앓아 장애가 생겼기 때문이었다. 병은 극복했지만 평생 다리를 절었다. 어릴 때는 걸핏하면 결석해야 했지만, 어머니는 운이 좋았다고 말하곤 했다. 소아마비로 죽은 사람도 많았던 시절이었다고. 어머니가 우리의 각설탕 예방접종을 얼마나 중요하게 챙겼는지 기억난다. 어느 토요일 오후, 청소년 클럽 공연에 빠지면서까지 접종하게 했는데 우리 집에서 예방접종은 그 정도로 중요한 일이었다.

어머니는 소아마비가 저주가 아닌 신이 이겨내라고 준 시험인 것을 알았고, 내게 하나님에 대한 사랑을 심어주었다. 난 그 사랑을 늘 간직할 것이다. 어머니는 내 노래하고 춤추는 재능이 아름다운 일몰처럼, 아이들이 노는 눈밭을 만드는 눈보라처럼 하느님이 행하신 일임을 가르쳐주었다. 늘 리허설하고 연주 여행하는 중에도 어머니는 시간을 내서 나를 여호와 증인의 집회소에 데려갔다. 보통은 레비와 라토야 누나도 동행했다.

세월이 흘러 게리를 떠난 후 우린 《에드 설리번 쇼》에 출연했다. 비틀스Beatles, 엘비스Elvis, 슬라이 앤 더 패밀리 스톤Sly and the Family Stone이 일요일 밤에 생방송되는 이 쇼를 통해 미국에 처음으로 선보였다. 프로그램이 끝나자 설리번 씨는 우리 각자에게 칭찬과 감사를 전했다. 하지만 난 쇼가 시작하기 전에 그에게 들은 말을 떠올렸다. 나는 펩시콜라 광고에 나오는 아이처럼 백스테이지 주변을 어슬렁대다가 설리번 씨와 마주쳤다. 그는 나를 보더니 반가운 듯 악수했지만, 손을 놓기 전에 특별한 당부를 했다. 그때가 1970년이었고, 최고 록 가수 몇 명이 마약과 술로 목숨을 잃은 해였다. 연예계의 경험 많고 현명한 세대인 그는 젊은 후배들을 잃는 게 아쉬웠다. 벌써 일부에서는 내가 프랭키 라이몬Frankie Lymon을 연상시킨다고 말했다. 프랭키는 1950년대의 뛰어난 젊은 가수였는데 그렇게 목숨을 잃었다. 에드 설리번도 그런 생각을 했는지 내게 이렇게 말했다.

"네 재능이 어디서 왔는지 잊지 말거라. 네 재능은 신이 준 선물이란
다."

친절한 조언은 고마웠지만, 어머니 때문에 잊을 수도 없다고 대답할
수도 있었을 것이다. 난 댄서라면 상상만 해도 오금이 저릴 소아마비
에는 걸리지 않았지만, 신이 우리를 다른 방식으로 시험했다는 걸 알
았다. 대가족, 작은 집, 생활비를 버는 일, 그리고 시샘하는 동네 아이
들까지. 그들은 우리가 연습을 하면 성공할 줄 아느냐고 소리 지르면
서 유리창에 돌을 던지곤 했다. 어머니와 우리의 초창기를 떠올리면,
난 돈과 대중의 찬사와 상 그 이상의 보상이 있노라고 말할 수 있다.

어머니의 뒷바라지는 대단했다. 어느 자식이 어떤 일에 관심을 보
일 때 어머니는 가능한 방법을 동원해 격려했다. 예를 들어 내가 영화
배우에 관심을 갖자 어머니는 유명 배우들에 대한 책을 한아름 안고
집에 왔다. 자녀가 아홉인데도 각자 외동인 듯 대우받았다. 어머니가
열심히 일하면서 전폭적으로 뒷바라지 한 걸 아홉 남매 모두 똑똑히
기억한다. 이것은 오래 된 이야기다. 어느 자식이나 자기 어머니를 세
상 최고의 어머니로 여기겠지만, 우리 잭슨 아이들은 그 감정을 잊은
적이 없다. 어머니의 상냥함, 따뜻함, 관심 덕분에 어머니의 사랑 없
이 자라는 게 어떤 것인 상상도 되지 않는다.

내가 아이들에 대해 아는 한 가지는, 부모에게 필요한 사랑을 못 받
으면 다른 데서 찾게되며, 조부모든 누구에게든 매달린다는 것이다.

우린 어머니가 있으니 다른 사람을 찾을 필요가 없었다. 그녀가 가르쳐준 교훈들은 소중했다. 어머니는 친절, 사랑, 타인에 대한 배려를 가장 강조했다. 남을 아프게 하면 안 된다. 구걸하지 말아라. 얻어먹지 말아라. 우리 집에서 그런 일들은 죄악이었다. 어머니는 늘 자식들이 베풀기를 바랐다. 남에게 간청하거나 구걸하는 것은 원치 않았다. 그게 어머니의 방식이다.

어머니가 성품을 보여준 일화가 기억난다. 내가 아주 어렸을 때 게리에서 살던 시절, 아침 일찍 한 사내가 집집마다 문을 두드렸다. 피를 많이 흘렸으니 어디를 돌아다녔는지 알만 했다. 어느 집도 그를 들이려 하지 않았다. 마침내 그는 우리 집에 와서 문을 두드리기 시작했다. 어머니는 당장 그를 들어오게 했다. 대부분 무서워서 하지 않았을 일이지만, 어머니는 그런 사람이었다. 내가 일어나니 바닥에서 핏자국이 있었다. 우리가 더욱 더 어머니처럼 될 수 있으면 좋으련만.

아주 어렸을 때 아버지가 설탕을 입힌 도넛 봉투를 들고 제철소에서 퇴근하던 일이 기억난다. 당시 형들과 나는 진짜 잘 먹어서 순식간에 도넛이 사라졌다. 아버지는 우리를 공원에 데려가서 회전목마를 태워주었지만 나는 너무 어려서 그 일이 잘 기억나지 않는다.

내게 아버지는 늘 수수께끼였고 그도 그런 걸 안다. 아버지와 진심으로 가까워지지 못한 게 가장 아쉽다. 오랜 세월 그는 주변에 담을 쌓았고, 가족의 비즈니스에 상관하지 않으면서 자식들과 잘 지내기가

어려워졌다. 우리가 모여 있으면 아버지는 방에서 나가버린다. 오늘까지도 그는 부자지간의 일을 말하기 어려워한다. 너무 어색하기 때문이다. 아버지가 그런 걸 알면 나도 어색해진다.

아버지는 늘 우리를 보호했고 그 공이 적지 않다. 늘 사람들이 우리를 속이지 않는지 단속하려 애썼다. 최선의 방식으로 우리의 이익을 도모했다. 아버지가 도중에 몇 가지 실수를 했다고 해도, 늘 가족에게 적절하다고 믿고 취한 조치였다. 물론 그는 우리가 성공하도록 대단하면서도 독특하게 지원했다. 특히 연예계 회사들이나 인사들과 관계를 맺는 부분에서 말이다. 우린 어릴 때 연예계에 들어와서 상당한 재물, 돈, 부동산, 다른 투자 등을 모은 소수의 행운아에 속했다. 아버지가 우리를 위해 모든 걸 마련했다. 그는 자식들과 본인, 양쪽을 위해 매사를 챙겼다. 아버지가 우리 돈을 독차지하지 않아서 고맙다. 어린이 스타들의 부모 중에는 그런 사람이 허다하니까. 자식의 돈을 훔치는 걸 상상해보기를. 내 아버지는 그런 짓을 한 적이 없었다. 그래도 난 여전히 그를 모르고, 아버지를 이해하고 싶은 마음이 간절한 아들에게 그건 슬픈 일이다. 여전히 아버지는 내게 수수께끼고 언제나 그럴 것이다.

성경은 뿌린 대로 거둔다고 말하지만, 내가 아버지에게 받은 것 전부가 저절로 생긴 것은 아니었다. 우리가 활동하던 시절, 아버지는 다르게 말했고 메시지는 명확했다. 세상의 모든 재능을 가질 수 있지만,

인디애나에서 자넷과 어머니

준비하고 계획하지 않으면 아무 소용없다고!

조 잭슨은 아내만큼이나 항상 노래와 춤을 좋아했지만, 잭슨 집안 바깥에 세상이 있다는 사실도 알았다. 나는 어렸기에 그의 밴드《펠콘스》를 기억하지 못하지만, 그들은 주말에 우리 집에 와서 연습했다. 음악이 제철소에서 일하는 그들을 구원했다. 아버지는 제철소에서 크레인을 운전했다.《펠콘스》는 인근 지역에서 연주했고, 북부 인디애나와 시카고 주변의 클럽과 대학도 찾아 다녔다. 우리 집에서 연습할 때면 아버지는 옷장에서 기타를 꺼내서 지하실에 보관하는 앰프에 연결했다. 늘 리듬과 블루스를 좋아했고 그 기타는 아버지의 자랑이자 기쁨이었다. 기타를 보관하는 옷장은 거의 성소처럼 간주되었다. 우리 아이들이 가까이 가면 안 되는 것은 두말하면 잔소리였다. 아버지는 우리와 함께 여호와 증인 왕국에 가지 않았지만, 음악 덕분에 그 동네에서 가족이 단결한다는 걸 부모님 모두 알았다. 갱들이 내 형들 또래 아이들을 포섭하는 동네였으니까.《펠콘스》가 집에 오면 맨 위 형 셋은 근처에서 어슬렁댈 핑계를 만들었다. 아버지는 큰 선심이나 베풀 듯 그들에게 음악을 듣게 허락했지만, 사실 아들들을 거기 두고 싶어 했던 것이었다.

가장 흥미롭게 돌아가는 모든 상황을 지켜본 사람은 티토 형이었다. 학교에서 색소폰을 배웠지만, 이제 손이 커져서 아버지가 연주하는 코드를 잡고 리프를 연주할 수 있었다. 티토는 기타에 빠질 만 했다. 아버지를 빼닮아서 재능도 물려받았을 거라고 가족들은 기대했다. 티토는 나이 들면서 무서울 만치 아버지와 비슷해졌다. 아버지는 티토의 열정을 눈치챘는지 아들들에게 규칙을 내걸었다. 그가 없을 때 아무도 기타를 만지면 안 된다고 했다. 얘기 끝.

따라서 잭키, 티토, 저메인은 어머니가 부엌에 있는지 확인하고서야 기타를 빌렸다. 또 기타를 꺼낼 때 소리내지 않으려고 조심했다. 형들은 우리 방으로 돌아가서, 기타 소리가 묻히도록 라디오를 켜거나 작은 이동식 전축을 틀었다. 티토는 침대에 앉아서 기타를 배에 걸치고 추켜들었다. 형 셋이서 돌아가면서 기타를 들고 라디오에서 나오는 그린 어니언스Green Onions를 치는 법을 알아내려고 애썼다. 또 학교에서 배우는 음계도 연습했다.

이즈음 나도 제법 커서, 고자질하지 않겠다고 약속하면 방에 들어가 구경할 수 있었다. 어느 날 마침내 어머니에게 들켰고 우리 모두 걱정했다. 어머니는 꾸중했지만 우리가 조심하면 아버지에게 이르지 않겠다고 말했다. 기타가 형들을 나쁜 무리와 어울려 돌아다니지 않게 한다는 걸 어머니는 알았다. 그래서 아들들을 손이 닿는 곳에 둘 수만 있다면 아무 것도 빼앗지 않으려 했다.

물론 사달이 날 수밖에 없었고 어느 날 기타 줄 하나가 끊어졌다. 형들은 겁에 질렸다. 아버지가 집에 오기 전에 기타를 수리할 짬이 없었다. 게다가 아무도 기타 줄을 고치는 방법을 몰랐다. 형들은 어떻게 할지 몰라서 기타를 옷장에 집어넣고, 아버지가 줄이 저절로 끊어졌다고 생각하기만 바랐다. 물론 아버지는 그런 데 넘어가지 않았고 역정을 냈다. 누이들은 내게 얼쩡대지 말라고, 조용히 있으라고 타일렀다. 아버지에게 들킨 후 티토의 울음소리가 들리자, 난 당연히 무슨 일인지 보러 갔다. 티토가 침대에서 울자 아버지가 돌아와서 일어나라고 말했다. 티토는 겁먹었지만, 아버지는 아끼는 기타를 들고 거기서 있기만 했다. 그가 티토를 뚫어지게 노려보면서 말했다.

"네가 뭘 할 수 있는지 어디 구경이나 해보자."

형은 마음을 다잡고 독학한 몇 소절을 연주하기 시작했다. 아버지는 티토가 기타를 잘 치자 계속 연습한 걸 눈치챘고, 우리가 그가 아끼는 기타를 장난감처럼 다루지 않는 걸 알았다. 줄이 끊어진 것은 사고에 불과하다는 게 명백해졌다. 이 시점에서 어머니가 들어와서, 우리의 음악 재능을 열띠게 설명했다. 어머니는 아들들이 재능이 있으니 아버지더러 들어봐야 된다고 말했다. 어머니가 계속 채근했고, 결국 어느 날 아버지는 우리 연주를 듣기 시작했고 흡족해 했다. 티토, 잭키, 저메인은 적극적으로 같이 연습하기 시작했다. 2년 후 내가 다섯 살쯤일 때 어머니는 아버지에게 내가 노래를 잘 부르고 봉고를 연주할 줄 안다고 알렸다. 나도 그룹의 일원이 되었다.

그 무렵 아버지는 집안에서 일어나는 일이 예사롭지 않다고 판단했다. 《펠콘스》와 어울리는 시간이 점점 줄고 우리와 함께 하는 시간이 점점 늘었다. 우린 같이 연주를 연습했고 아버지는 약간의 요령을 알려주고 기타 연주법을 가르쳐주었다. 말론과 나는 어려서 연주하지 못했지만, 아버지가 형들을 연습시키는 걸 지켜보았고 구경하면서 배웠다. 아버지가 없을 때 기타를 만지면 안 되는 규칙은 여전히 유효했지만, 형들은 기회 있을 때마다 연주를 즐겼다. 잭슨 가의 집에 음악이 넘쳐났다. 부모님이 레비와 잭키가 어릴 때 음악 교습을 받게 한 덕분에, 두 사람은 기초가 튼튼했다. 나머지 우리는 게리의 학교에서 음악 시간과 밴드에서 음악을 배웠지만, 아무리 연습해도 뻗치는 기운이 가라앉지 않았다.

불규칙하게 공연했지만 《펠콘스》는 여전히 돈을 벌었고, 가욋돈이 가족에게 중요했다. 점점 많아지는 식구의 입에 풀칠은 할 수 있었지만, 필수품 외에는 아무 것도 못 가졌다. 어머니는 시어즈 백화점에서 시간제 근무를 했고 아버지는 여전히 제철소에서 일했다. 아무도 굶지는 않았지만, 되돌아보면 장래가 보이지 않았을 것 같다.

어느 날 아버지의 귀가가 늦어지자 어머니는 걱정하기 시작했다. 그가 돌아온 무렵, 어머니는 잔소리하려고 마음먹고 있었다. 이따금 우린 아버지가 평소 말로만 큰소리치는 건 아닌지 구경하곤 했다. 그런데 아버지는 문으로 머리를 내밀더니 등 뒤에 뭔가 감추고 악동 같은 표정을 지었다. 그가 반짝이는 빨간 기타를 내밀자 가족 모두 충격을 받았다. 옷장에 있는 기타보다 조금 작은 사이즈였다. 다들 쓰던 기타는 우리 차지일 거라고 기대했다. 그런데 아버지는 새 기타가 티토의 것이라고 말했다. 우린 모여서 기타를 구경했고, 아버지는 형에게 다른 형제가 연습하고 싶으면 같이 사용하라고 당부했다. 우린 자랑하려고 기타를 학교에 가져가지 않았다. 이것은 중대한 선물이었고 그날은 잭슨 집안에 길이 기억될 날이었다.

　어머니는 우리가 좋아하니 기뻤지만 한편으로 남편을 알았다. 아버지가 자식들에게 큰 야망과 계획을 가졌다는 걸 어머니가 우리보다 먼저 눈치챘다. 밤에 우리가 잠들면 그는 어머니에게 말하기 시작했다. 그는 꿈을 품었고 그 꿈은 기타 한 대로 멈추지 않았다. 곧 우리는 악기들을 다루게 되었다. 선물이 아니었다. 저메인은 베이스 기타와 앰프를 받았다. 잭키는 쉐이커들을 갖게 되었다. 침실과 거실 풍경이 악기 상점처럼 변하기 시작했다. 이따금 돈 문제로 부부 싸움하는 소리가 들렸다. 악기들과 부속품들을 사들이느라, 매주 어떤 필수품을 희생해야 했다. 하지만 아버지는 설득력이 있었고 절대로 기회를 놓치지 않았다.

　집에 마이크까지 생겼다. 당시 마이크는 정말 사치로 보였고 쥐꼬리만한 생활비로 아끼며 사는 주부에게는 특히 그랬다. 하지만 집에 마이크가 있는 것이 재능 쇼에서 존스 가족The Joneses이나 다른 참가자들을 따라잡기 위해서가 아님을 난 알았다. 마이크는 우리의 준비를 돕는 도구였다. 재능 쇼 참가자들이 집에서는 노래를 잘 하지만 마이크 앞에 선 순간 벙어리가 되는 걸 많이 봤다. 마이크가 필요 없다고 증명하려는 듯이 소리치며 노래를 부르는 사람들도 있었다. 그들은 우리 같은 특혜를 누리지 못했다. 오직 경험만이 줄 수 있는 특혜를. 어쩌면 몇몇은 그걸 질투했던 것 같다. 마이크를 사용해본 경험이 우리를 우위에 서게 한다는 걸 간파했을 테니까. 그렇다 해도 우리가 놓

처버린 자유 시간, 학교 공부, 친구들과 같은 희생은 정말 컸고 아무도 이에 대해 질투할 권리가 없었다. 우린 썩 잘하게 되었지만 또래보다 두 배는 노력했다.

내가 봉고 드럼을 치는 말론을 비롯해 형들을 지켜보는 사이, 아버지는 청년 두엇을 데려왔다. 그들 조니 잭슨Johnny Jackson과 랜디 랜시퍼Randy Rancifer는 각각 탭 드럼과 오르간을 연주했다. 나중에 모타운은 그들을 우리 친척이라고 주장했지만, 우리를 대가족으로 보이게 하려는 홍보 담당자들의 허튼소리였다. 우린 진짜 밴드가 되었다! 난 형들을 지켜보면서 스펀지처럼 흡수하고 가능한 모든 걸 배우려고 했다. 형들이 연습하거나 자선 행사와 쇼핑센터에서 공연할 때면 나는 넋을 놓고 구경했다. 저메인을 보면서 가장 매료되었다. 당시 그는 나에게 큰 형뻘인 싱어였고 말론은 나와 나이차가 별로 없었다. 걸어서 날 유치원에 데려다 주고 옷을 물려준 형은 저메인이었다. 형이 뭔가 하면 나는 기를 쓰고 따라했다. 내가 제대로 흉내 내면 형들과 아버지는 웃음을 터뜨렸지만, 내가 노래하기 시작하면 다들 귀 기울였다. 그때 난 아기 목소리로 노래하고 소리를 흉내내기만 했다. 너무 어려서 뜻 모르는 가사가 많았지만 노래를 부를수록 점점 나아졌다.

나는 늘 춤을 출 줄 알았다. 저메인은 큰 베이스기타를 안았기에 난 말론의 동작을 지켜보았다. 또 나보다 겨우 한 살 위인 말론을 따라잡을 수 있기 때문이기도 했다. 곧 집에서 부르던 노래를 대부분 따라 부르면서, 대중 앞에 설 준비를 형들과 함께 했다. 연습하면서 그룹 멤버로서 각자의 고유한 장단점을 알게 되었고, 당연히 맡는 역할의 변화가 생겼다.

게리에 있는 우리 집은 작고 침실이 겨우 세 개였지만, 당시 내게는 훨씬 크게 보였다. 어릴 때는 온 세상이 너무 커서 작은 방도 네 배 크기로 보인다. 세월이 흐른 후 다시 게리를 찾아갔을 때 집이 너무 작아서 다들 놀랐다. 나는 큰 집으로 기억했지만, 현관문에서 다섯 걸음이면 뒷문으로 나갈 수 있었다. 사실 차고 크기 정도였지만, 거기 살 때 우리 눈에는 제법 괜찮았다. 어릴 때는 사물을 아주 다른 각도에서 보기 마련이니까.

게리에서 우리가 다닌 학교들은 내게 희미한 기억으로 남아 있다. 유치원에 처음 간 날 차에서 내린 기억이 나고, 그게 싫었던 기억이 역력하다. 엄마가 날 두고 가는 게 당연히 싫었고 거기 있고 싶지 않았다.

아이들이 흔히 그렇듯 시간이 지나면서 적응했고 선생님들, 특히 여선생님들을 무척 따랐다. 그들은 굉장히 다정했고 특히 내게 사랑을 주었다. 참 좋은 분들이었다. 학년이 올라갈 때면 선생님들은 울면서 나를 안아주었고, 교실에서 나를 못 보게 되어 아쉽다고 말했다. 난 선생님들을 좋아한 나머지 어머니의 장신구를 훔쳐서 선물하기 시작했다. 그들은 무척 감동받았지만 결국 어머니가 사실을 알았고, 내가 어머니의 물건으로 선심 쓰는 일은 끝났다. 선생님들에게 은혜를 갚고 싶은 마음은 그 학교에서 내가 얼마나 그들을 좋아했는지 보여주는 잣대였다.

1학년 어느 날 나는 전교생 앞에 서는 행사에 참여했다. 반마다 대표들이 장기를 보여야 했고, 나는 집에 가서 부모님과 의논했다. 검은 바지와 흰 셔츠를 입고 영화 《사운드 오브 뮤직The Sound of Music》에 나오는 《클라임 에브리 마운틴Climb Ev'ry Mountain》을 부르기로 했다. 노래를 마친 후 강당에서 터져 나온 반응에 나는 압도당했다. 우레 같은 박수가 나왔고 사람들은 미소 지었다. 일부는 기립했다. 선생님들이 울었고 나는 도무지 믿을 수가 없었다. 내가 사람들을 행복하게 만들다니. 얼마나 기분이 좋던지. 내가 대단한 일을 한 게 아니라서 어리둥절하기도 했다. 그저 집에서 매일 밤 노래하는 것처럼 노래를 불렀을 뿐인데. 공연할 때는 자기가 내는 소리가 어떤 인상을 주는지 알아차리지 못한다. 그냥 입을 벌려 노래할 뿐이다.

곧 아버지는 우리에게 재능 대회에 나갈 준비를 시켰다. 그는 출중한 조련사였고 우리를 준비시키는 데 큰돈과 시간을 썼다. 재능은 공연자에게 신이 주는 것이지만, 아버지는 우리에게 재능을 키울 방법을 가르쳐주었다. 우리가 쇼 비지니스에 타고난 감각이 있었던 것 같기도 하다. 형제들은 공연하는 걸 좋아했고, 가진 모든 것을 쏟아 부었다. 매일 방과 후 아버지는 집에 앉아서 연습을 시켰다. 우리가 아버지 앞에서 공연하면 그는 비평하곤 했다. 잘못하면 매를 맞았고, 때로는 허리띠로 때로는 회초리로 맞았다. 아버지는 굉장히 엄격했다, 정말로 엄했다. 항상 말론이 말썽이었다. 한편 나는 주로 연습이 아닌

초기 홍보 사진에서 조니 잭슨은 드럼을 연주했다.

다른 일로 맞았다. 아버지 때문에 화나고 속상하면 난 대들었고 더 많이 맞았다. 나는 신발을 집어 던지거나 주먹을 흔들면서 아버지에 맞섰다. 덕분에 형들이 맞은 것을 합한 것보다 더 많이 맞았다. 난 대들었고 아버지는 날 죽이려고, 나를 묵사발을 만들려고 했다. 어머니는 내가 아주 어릴 때도 대들었다고 말했지만 그건 기억나지 않는다. 아버지를 피하느라 테이블 밑으로 뛰어다녀서 더 성질을 돋운 기억이 난다. 우린 격렬한 관계였다.

하지만 거의 늘 연습만 했다. 우린 항상 연습했다. 때로 야밤에 시간이 나면 게임을 하거나 장난감을 갖고 놀았다. 숨바꼭질을 하거나 줄넘기를 했지만 그게 다였다. 대부분 일을 하며 보냈다. 형들과 집에 뛰어가면 아버지가 집에 왔던 게 명확히 기억난다. 우리가 시간 맞춰 연습을 시작할 준비를 갖추지 않으면 난리가 났다.

이 모든 순간에도 어머니는 흠잡을 데 없이 협조적이었다. 처음 우리의 재능을 알아차린 사람도 어머니였고, 잠재력을 발휘하게 계속 도와주었다. 어머니의 사랑과 유머감각이 없었다면 우리가 어떻게 됐을지 상상도 할 수가 없다. 그녀는 우리가 받는 스트레스와 긴 연습시간을 염려했지만, 우린 가능한 한 최고가 되고 싶었고 진심으로 음악을 사랑했다.

게리에서 음악은 중요했다. 우리 고장에는 라디오 방송국들과 나이트클럽들이 있었고, 거기 출연하고 싶은 사람들이 넘쳐났다. 아버

성공하고 게리에 있는 작은 집으로 돌아왔을 때. 환영은 대단했다.

지는 토요일 오후에 연습을 시킨 후, 인근 지역의 쇼를 보러 가거나 차를 몰고 시카고까지 가서 누군가의 공연을 관람했다. 늘 아들들이 일을 시작하는 데 도움이 될 거리를 찾아 다녔다. 집에 돌아오면 누가 뭘 하는 걸 봤는지 말해주었다. 우리가 참가할 수 있는 대회가 열리는 동네 극장이든, 우리가 응용할 만한 의상이나 동작을 볼 수 있는 훌륭한 공연자들이 나오는 '스타들의 행진'이든 아버지는 최신 유행을 확인했다. 이따금 나는 주일에 왕국 회관에서 돌아올 때까지 아버지의 얼굴도 못 봤다. 하지만 내가 집에 들어가면 아버지는 전날 밤에 본 공연에 대해 말해주었다. 그는 내가 스텝을 연습하면 제임스 브라운[2]처럼 한 다리로 춤출 수 있을 거라고 예상했다. 그러니 나는 막 교회에서 돌아와서 쇼 비즈니스계로 돌아가곤 했다.

　내가 여섯 살이었을 때 우린 공연으로 트로피를 받기 시작했다. 라인업이 결정되었다. 나는 왼쪽에서 두 번째 자리였고 잭키가 내 오른쪽에 섰다. 티토는 기타를 들고 오른쪽 무대에, 말론이 그 옆에 섰다. 잭키는 점점 키가 커서 말론과 나를 내려다보았다. 대회마다 그 라인업으로 나갔고 그게 효과를 발휘했다. 우리와 경쟁하는 다른 그룹들은 멤버끼리 싸워서 깨지기 일쑤였지만 우리는 점점 빛나고 노련해졌다. 게리에서 재능쇼에 늘 구경하러 오는 주민들은 우리를 알아보

---

2 **James Brown.** 미국 소울 음악의 대부로 꼽히며 1950년대부터 70년대까지의 인기 가수. 그룹 '페이머스 플레임스'를 결성했다. 옮긴이 주.

았고, 우리는 일등을 해서 그들을 놀라게 하려고 애썼다. 청중이 우리 공연에 싫증나기 시작할까봐 걱정스러웠다. 우린 늘 변화하는 게 좋고 서로를 성장하게 도와준다는 걸 알았다. 그래서 변화를 두려워하지 않았다.

10분간 두 곡을 부르는 아마추어 경연이나 재능쇼에서 우승하는 것은 90분짜리 콘서트를 하는 것만큼이나 힘들었다. 실수를 하면 안 되기 때문에 한두 곡을 부르는 동안 고도로 집중하느라, 열두 곡이나 열다섯 곡을 부르는 호사를 누릴 때만큼 힘든 것 같다. 이런 경연이 우리가 받은 직업 교육이었다. 때로 차를 타고 수백 킬로미터를 달려가서 한두 곡 부르면서 관객이 타지에서 온 우리에게 반감을 갖지 않기를 바랐다. 서커스 팀부터 코미디언들, 우리 같은 가수들과 댄서들까지 다양한 연령대와 재능을 가진 출연자들과 경쟁했다. 관객의 시선을 휘어잡고 유지해야 했다. 하나라도 어긋나면 큰일이어서 옷과 구두, 모자, 머리 등 전부 아버지의 계획대로여야 했다. 우린 놀랍도록 프로처럼 보였다. 모든 계획을 한 후 연습한 대로 노래하면 상이 제 발로 걸어왔다. 월리스 고산지대에서도 마찬가지였다. 그 지역의 가수들과 치어리딩 팀들이 출전하는데, 우린 타지에서 그 고장 사람들과 경쟁했다. 당연히 그 고장 출연자들은 오랜 팬들이 있기 때문에, 본거지를 떠나 남의 동네에 가면 아주 힘들었다. 사회자가 박수 점수를 알아보려고 우리 머리 위로 손을 뻗을 때면, 우린 어떤 팀보다 즐거움을 선사했다는 걸 관객이 알아주기를 간절히 바랐다.

First Place Winners Of The Talent Search

THE JACKSON FIVE..... Youthful musical aggregation who were First Place winners of the Annual Talent Search held last Sunday at Gilroy Stadium. The well attended and entertaining affair was Emceed by WWCA's popular Disc Jockey, Jesse Coopwood, who is well known for keeping the public entertained with his capers via the mike. Cherry, assisting Coopwood with the group of "Winners" is shown left in the photo. Proceeds from the affair will go toward a scholarship fund.

초창기 탤런트 쇼에서 트로피를 받은 사진

학교 끝나고 연습하는 우리들

연주자로서 저메인과 티토, 나머지 우리들은 극도의 압박에 시달렸다. 매니저인 아버지는 제임스 브라운은 멤버들이 시작을 놓치거나 한 소절을 틀리면 벌금을 부과했다고 강조했다. 나는 리드 싱어로서 다른 멤버들보다 더욱 더 컨디션 나쁜 밤을 감당하지 못했다. 종일 누워 앓다가 밤에 무대에 섰던 기억이 난다. 그런 때는 집중하기가 어려웠지만, 형들과 나는 어떻게 해야 될지 꿰고 있어서 자면서도 평소처럼 공연할 수 있을 정도였다. 그런 때는 관객 중 아는 사람이나 사회자를 쳐다보면 안 되는 것을 명심해야 했다. 어린 공연자는 그 둘에 한눈이 팔릴 수도 있다. 우리는 라디오에서 들리는, 다들 아는 곡이나 아버지가 아는 명곡을 불렀다. 노래를 망치면 금방 들켰다. 팬들이 곡에 친숙해서 우리가 어떻게 불러야 될지 알았으니까. 편곡을 하려면 원곡보다 멋지게 들려야 했다.

내가 여덟 살일 때, 시에서 열린 대회에서 《템프테이션스Temptations》의 곡 《마이 걸My Girl》을 우리 버전으로 불러 우승했다. 대회는 루스벨트 고교에서 몇 블록 떨어진 곳에서 열렸는데, 메인의 오프닝 베이스 연주와 티토의 첫 기타부터 전 멤버의 코러스까지 관객들이 계속 기립해 있었다. 저메인과 나는 한 소절씩 주고받았고 말론과 잭키는 팽이처럼 빙글빙글 돌았다. 지금까지 받은 상 중 가장 큰 트로피를 우리끼리 돌리는데 얼마나 기분이 좋던지. 결국 트로피를 조수석에 아기처럼 앉히고 집으로 가면서 아버지가 말했다.

"너희가 오늘밤처럼 공연하면 상을 받을 수밖에 없지."

이제 게리 시 챔피언이 되자 다음 목표는 시카고였다. 꾸준한 일감과 멀리 입소문이 나는 지역이기 때문이었다. 부지런히 전략을 짜기 시작했다. 아버지는 《펠콘스》와 함께 머디 워터스Muddy Waters와 하울링 울프Howlin' Wolf 같은 시카고 블루스 음악을 연주했지만 나름 개방적이어서 어린 우리가 좋아하는 경쾌하고 매끈한 음악으로 보여줄 게 많다는 걸 알았다. 아버지 나이에 그 정도로 진보적이기 어려우니 우리는 행운아들인 셈이었다. 사실 아는 뮤지션들은 1960년대 음악을 자기 시대보다 열등하게 취급했지만 아버지는 달랐다. 그는 명곡을 구분할 줄 알았고, 게리 출신의 출중한 그룹 《스패니얼스The Spaniels》를 알아봤다고도 했다. 그들은 우리보다 별로 많지 않은 나이임에도 스타였다. 《미러클스Miracles》의 스모키 로빈슨이 《트랙스 오브 마이 티어스 Tracks of My Tears》나 《오오, 베이비 베이비Ooo, Baby Baby》 같은 곡을 노래하면 아버지는 우리처럼 열중해서 들었다. 1960년대는 음악적으로 시카고를 외면하지 않아서, 《임프레션스Impressions》의 커티스 메이필드Curtis Mayfield, 제리 버틀러Jerry Butler, 메이저 랜스Major Lance, 타이론 데이비스 Tyrone Davis 같은 훌륭한 가수들이 시카고 전역의 우리와 같은 장소들에서 연주했다. 이즈음 아버지는 제철소에서 시간제로 일하면서 우리를 전적으로 관리하려 했다. 어머니는 이 결정을 듣고 의구심을 가졌다. 우리의 능력이 부족하다고 생각해서가 아니라, 가진 시간을 자식들을 음악계에 투신시키는 데 다 쓰는 사람을 보지 못해서였다. 우리가 게리의 야간업소 미스터 럭키스에 정기 출연한다는 소식을 듣고도 그녀는 그리 반색하지 않았다. 주말에 늘어나는 장기자랑 경연에서 상을 타려면, 주말을 시카고와 다른 지역에 가서 지내야 했다. 이런 여행에 경비가 많이 필요했고, 미스터 럭키스의 공연 일 덕분에 조달할 수 있었다. 어머니는 우리가 받는 호응에 놀랐고 상과 인기를 무척 기뻐했지만 걱정도 많았다. 나이 때문에 나를 걱정했다. 어머니는 아버지를 노려보면서 쏘아붙였다.

"이건 아홉 살 아이에게 너무 과해요."

형들과 내가 무엇을 기대했는지 모르겠지만, 나이트클럽 손님들은 루즈벨트 고교의 청중과는 달랐다. 우린 형편없는 코미디언들, 오르간 연주자들, 스트리퍼들의 공연 사이에서 연주했다. 내가 목격자 역할로 성장하자, 어머니는 내가 나쁜 사람들과 어울리고 성년이 된 후 알아야 될 일들을 미리 배울까봐 염려했다. 사실 걱정할 필요가 없었다. 스트리퍼들을 한 번 본다고 못된 일에 관심이 생기지 않았다. 아홉 살에는 전혀 아니었다! 하지만 힘든 삶이었고, 우린 더 높이 올라가 그 생활에서 최대한 멀리 벗어나자고 굳게 다짐했다.

미스터 럭키스에 나가는 것은 처음으로 온전한 쇼를 한다는 의미였다. 하룻밤에 다섯 번의 공연을 일주일에 6일 동안, 그리고 7일째 저녁에 다른 고장에 일거리가 있으면 아버지는 그 일까지 하게 했다. 우린 열심히 일했고 술집 손님들에게 푸대접 받지 않았다. 그들도 우리처럼 제임스 브라운과 샘 앤 데이브Sam and Dave를 좋아했다. 게다가 우린 술과 시시껄렁한 짓거리 사이에 공짜로 따라온 덤이어서 손님들은 놀라고 즐거워했다. 심지어 손님들과 재미있게 조 텍스Joe Tex의 《스키니 레그스 앤 올Skinny Legs and All》을 합창했다. 우리가 노래하기 시작하면 중간쯤에서 내가 청중석으로 나가 테이블 밑을 기어 다니면서, 여자들의 치맛단을 들추고 보려고 했다. 내가 지나가면 손님들은 돈을 던졌고, 나는 춤추기 시작하면서 날아온 지폐와 동전을 주워 재킷 주머니에 넣었다.

재능쇼에서 관객들을 대한 경험이 많아서인지 노래가 시작되어도 난 긴장하지 않았다. 늘 나가서 공연할 준비가 되어 있었다. 그냥 노래하고 춤추고 재미나면 그뿐이었다.

그 시절 스트리퍼가 있는 클럽 여러 곳에서 일했다. 시카고의 그런 클럽에서 난 무대 옆쪽에 서서, 메리 로즈Mary Rose라는 아가씨를 구경했다. 아홉 살이나 열 살 무렵이었다. 이 여자가 옷을 벗더니 팬티를 벗어 손님 석에 던졌다. 남자들이 그걸 집어서 쿵쿵대고 소리를 질렀다. 형들과 난 넋을 놓고 구경했고 아버지도 나무라지 않았다. 우리는 이런 부류의 일에 많이 노출되었다. 어떤 클럽은 출연자의 분장실 벽에 구멍을 뚫었는데, 이게 하필 숙녀 화장실의 벽 역할을 했다. 이 구멍을 들여다볼 수 있었고, 나도 잊히지 않는 장면을 목격했다. 그 곳의 남자들은 아주 험악해서 늘 숙녀 화장실 벽에 구멍을 뚫는 것 같은 짓을 벌였다. 물론 형들과 나는 서로 구멍을 들여다보기 위해 자리를 차지하려고 밀쳐대며 다투었다.

"저리 비켜, 내 차례야!"

나중에 뉴욕의 《아폴로 씨어터Apollo Theater》에서 공연하면서, 지금껏 전혀 몰랐던 것들을 보고 깜짝 놀랐다. 그때까지 스트리퍼를 많이 봤지만, 그날 밤 이 아름다운 속눈썹과 긴 머리의 아가씨가 출연했다. 그녀는 멋진 공연을 펼쳤다. 갑자기 마지막에 가발을 벗고 브래지어에서 큰 오렌지 두 깨를 빼더니, 화장 밑의 뻔뻔한 사내 얼굴을 드러냈다. 난 그걸 보고 경악했다. 아직 어렸고 그런 일은 이해할 수가 없었다. 하지만 극장의 관객을 보니, 다들 분위기를 잘 맞추며 크게 손뼉을 치고 환호했다. 꼬마인 나는 무대 옆쪽에 서서 이 미친 광경을 구경했다.

경악했다.

말했듯이 난 아이로서 많은 교육을 받았다. 대부분의 아이들보다 더 많이 배웠다. 그것이 날 자유롭게 해서 성인이 되어 삶의 다른 면들에 몰입하게 했을 것이다.

시카고 클럽들에서 성공적인 공연을 한 어느 날, 아버지가 노래 몇 곡이 담긴 테이프를 집에 가져왔다. 들어본 적 없는 곡들이었다. 우린 주로 라디오에서 나오는 인기곡들을 연주했기에, 아버지가 이 곡들을 반복해서 재생하는 이유가 자못 궁금했다. 한 남자가 별로 잘 부르지도 못하는 노래를 부르고 뒤에서 기타 음이 났다. 아버지는 노래하는 남자는 가수가 아니라, 게리에 음반 녹음실을 가진 작곡가라고 말했다. 그의 이름은 키스Keith 씨였고, 우리가 그의 곡들을 녹음할 수 있을

지 보기 위해 1주간의 연습 시간을 주었다. 당연히 우린 흥분했다. 음반을 만들고 싶었다, 아무 음반이라도.

평소 새 곡을 준비할 때 넣는 댄스 부분을 무시하고 노래만 연습했다. 모르는 노래를 부르니 별로 재미가 없었지만, 우린 실망을 감추고 줄 수 있는 모든 것을 쏟아내야 하는 프로였다. 준비를 마치고 최선을 보여줄 수 있을 것 같자, 아버지는 녹음하게 했다. 물론 몇 차례 시작 부분이 틀렸고 따로 불려가 혼났다. 우리 노래가 키스 씨의 마음에 드는지 알아내려고 하루 이틀 애썼다. 그러다 갑자기 아버지는 우리가 배울 노래를 몇 곡 더 갖고 나타났다. 첫 녹음에서 부를 노래들이었다.

키스 씨도 아버지처럼 음악을 사랑하는 제철소 노동자였다. 다만 그는 녹음과 사업 쪽에 더 관심을 쏟았다. 그의 녹음실과 음반사 이름은 《스틸타운Steeltown》이었다. 모든 일을 돌아보면 키스 씨도 우리만큼 흥분했다는 걸 알겠다. 녹음실은 시내에 있었고, 어느 토요일 아침 일찍 우린 거기 갔다. 내가 좋아하는 프로그램 《더 로드 러너 쇼The Road Runner Show》를 방송하기 전이었다. 키스 씨는 문간에서 우리를 만나서 녹음실을 열었다. 그는 각종 장비가 설치된 작은 유리 부스로 안내해서 다양한 기기가 하는 일을 설명해주었다. 이제 적어도 녹음실에서는 녹음기 위로 몸을 숙이지 않아도 되는 듯 했다. 나는 커다란 철제 헤드폰을 썼다. 목 중간까지 흘러내렸지만, 뭐든 할 준비가 된 것처럼 보이려고 애썼다.

형들이 악기들과 스탠드를 어디 꼽을지 파악하는 사이, 코러스 가수들과 호른 연주자가 도착했다. 처음 나는 그들이 우리 다음 차례로 녹음할 거라고 짐작했다. 하지만 같이 녹음하는 걸 알자 기쁘고 놀라웠다. 우린 아버지를 쳐다보았지만 그의 표정이 바뀌지 않았다. 이미 알고 찬성했음이 분명했다. 그 시절부터 사람들은 아버지를 놀라게 하면 안 된다는 걸 알았다. 우린 키스 씨의 말에 잘 따르라는 지시를 받았고, 그가 부스에 있는 우리를 이끌었다. 우리가 키스 씨가 시키는 대로만 하면 녹음이 착착 진행될 거라고 했다.

몇 시간 후 키스 씨의 첫 곡을 끝냈다. 일부 코러스 가수들과 호른 연주자도 녹음 경험이 없어서 어려워했다. 그들은 완벽주의자인 매니저가 없어서 우리처럼 같은 작업을 반복하는 데 익숙하지도 않았다. 그런 경우와 만나면 우린 아버지가 자식들을 완전한 프로로 만들려고 얼마나 애썼는지 깨달았다. 그 후 몇 차례 토요일에 녹음실에 가서, 주중에 연습한 곡들을 녹음하고 매번 키스 씨가 준 테이프를 들고 귀가했다. 어느 토요일, 아버지는 우리와 연주하려고 기타를 들고 녹음실로 갔다. 그가 같이 연주한 것은 그 때가 처음이자 마지막이었다. 음반이 나오자 키스 씨가 복사본을 주었고, 우린 클럽에서 공연 사이나 공연이 끝난 후에 그걸 팔았다. 대형 그룹은 그러지 않는 걸 알았지만, 누구나 어딘가에서 시작해야 했고, 그 시절 그룹명이 새겨진 음반을 갖는 것은 대단한 일이었다. 우린 대단한 행운이라고 느꼈다.

첫 스틸타운 싱글 《빅 보이Big Boy》는 저음부가 형편없었다. 어떤 소녀와 사랑에 빠지고 싶은 아이에 대한 괜찮은 노래였다. 물론 사실을 제대로 파악하려면 깡마른 아홉 살 소년이 이 노래를 부르는 장면을 그려봐야 된다. 이제 동화는 듣고 싶지 않다는 가사였지만, 난 너무 어려서 가사 대부분을 이해하지 못했다. 그냥 곡을 받으면 노래했다.

귀에 쏙 들어오는 저음부가 포함된 음반이 게리의 라디오에서 나오기 시작하자, 우리는 동네에서 거물이 되었다. 우리 음반이 생겼다는 사실을 아무도 믿지 못했다. 우리도 그걸 믿기 어려웠다.

첫 스틸타운 음반 이후 우리는 시카고의 대형 재능 경연 전부를 목표로 삼기 시작했다. 보통 다른 공연자들은 나를 만나면 유심히 쳐다보곤 했다. 내가 너무 어렸기 때문이었고, 우리 다음 순서인 지원자들이 특히 빤히 봤다. 어느 날 잭키 형은 세상에서 가장 우스운 얘기라도 들은 사람처럼 웃어댔다. 공연 전에 좋은 신호가 아니었고, 아버지도 형이 무대를 망칠까 걱정하는 눈치가 역력했다. 그는 잔소리를 하려고 다가갔다가 재키의 귓속말을 듣더니 곧 옆구리를 잡고 웃어댔다. 나도 무슨 일인지 알고 싶었다. 아버지는 당당하게 말해주었다. 잭키가 인기 그룹의 대화를 엿들었는데, 한 멤버가 말했다는 것이다.

"오늘 밤《잭슨 5》가 저 난쟁이를 앞세워 우리를 밀어내는 걸 못하게 해야 돼."

처음에 나는 감정이 상해서 부아가 났다. 그들이 못된 말을 했다고 생각했다. 내가 키가 가장 작으니 어쩔 수 없었지만, 곧 다른 형들도 깔깔대기 시작했다. 아버지는 그들이 날 놀린 게 아니라고 설명했다. 내가 자부심을 가져야 된다고 했다. 그 그룹은 나를《오즈의 마법사《The Wizard of OZ》에 나오는 먼치킨처럼 아이 모습의 어른으로 취급해서 헛소리를 지껄인 거라고. 그들이 게리에서 괴롭히는 동네 애들처럼 말해도 우리 앞에는 시카고가 있다고.

여전히 해야 될 일들이 있었다. 시카고의 썩 괜찮은 클럽들에서 연주한 후, 아버지는 《로열 씨어터Royal Theater》 아마추어 대회에 출전 신청을 했다. 아버지는 리걸 극장에 비.비.킹B.B.King을 보러 갔었고, 그날 밤 킹의 유명한 라이브 앨범이 만들어졌다. 몇 해 전 티토가 아버지에게 빨간 기타를 받자, 우린 비.비.킹의 루실Lucille처럼 기타에 여자 이름을 붙이면 되겠다고 그를 놀렸었다.

우린 3주 연속 그 대회에서 우승했다. 늘 오는 관객들을 위해 매주 새 노래를 불렀다. 다른 참가자들은 우리가 욕심 사납게 계속 출전한다고 불평했지만, 그들 역시 우리와 목표가 똑같았다. 아마추어 대회에서 세 번 연속 우승하면, 술집 손님 수십 명이 아닌 수천 명 앞에서 노래하고 공연료를 받는 제도가 있었다. 우린 그 기회를 잡았고, 쇼의 문을 《글래디스 나이트 앤 더 핍스Gladys Knight and the Pips》가 열었다. 그들은 아무도 모르는 신곡 《아이 허드 잇 스루 더 그레이프바인I Heard It through the Grapevine》을 불렀다. 끝내주는 밤이었다.

시카고에서의 일 이후 대형 아마추어 경연에 한 번 더 출전했다. 뉴욕 시의 아폴로 씨어터에서 열린 대회에서 꼭 우승해야 될 것 같았다. 아폴로 우승이 괜찮은 부적에 불과할 뿐 그 이상이 아니라고 말하는 시카고 사람들이 많았지만, 아버지는 그 이상일 걸로 봤다. 그는 뉴욕도 시카고처럼 재능 있는 사람들이 역량을 발휘할 수 있고, 시카고보다 음반업계 인사와 프로 뮤지션이 더 많다는 걸 알았다. 우리가 뉴욕에서 성공할 수 있다면 어디서든 성공할 수 있었다. '아폴로' 우승은 우리에게 그런 의미였다.

시카고는 우리에 대한 일종의 추천서를 뉴욕에 보냈고, 우리의 명성이 자자해서 아폴로 측은 예비심사 없이 《슈퍼독Superdog》 결선에 올려주었다. 이즈음 글래디스 나이트Gladys Knight는 이미 모타운으로 오라고 말했고, 아버지와 친해진 《더 밴쿠버스The Vancouvers》의 멤버인 바비 테일러Bobby Taylor도 마찬가지였다. 아버지는 우리가 모타운의 오디션을 보면 좋겠다고 그들에게 말했었지만 그것은 차후의 일이었다. 일찍 125가에 있는 아폴로에 도착해서 가이드 투어에 참여했다. 극장 안을 거닐면서, 거기서 연주한 스타들의 사진을 다 구경했다. 흑인뿐 아니라 백인도 있었다. 극장 매니저는 마지막에 분장실을 보여주었지만, 내가 좋아하는 스타들의 사진은 이미 다 찾은 후였다.

형들과 내가 소위 '흑인 출연 극장'에서 다른 출연자들의 오프닝을 할 때, 나는 최대한 배우고 싶어서 모든 스타들을 유심히 관찰했다. 그들의 발 동작, 팔을 드는 자세, 마이크를 잡는 방법을 주시하면서 무슨 행동을 하며 왜 그렇게 하는지 알아내려 애썼다. 무대 옆쪽에서 제임스 브라운James Brown을 지켜본 후, 모든 스텝, 툴툴거리는 소리, 스핀과 턴을 알았다. 그가 관객의 기운을 빼는, 감정적으로 지치게 하는 공연을 하려 했다고 말해야 될 것이다. 그의 존재감, 온몸에서 나오는 열기는 가히 장관이었다. 관객은 그의 얼굴에 맺힌 땀방울 하나까지 느꼈고, 그가 뭘 하고 있는지 알았다. 난 제임스 브라운처럼 공연하는 사람을 본 적이 없다. 사실 믿을 수가 없었다. 좋아하는 아티스트를 지켜볼 때는 나도 거기 있고 싶었다. 제임스 브라운, 잭키 윌슨Jackie Wilson, 샘 앤 데이브, 더 오제이스The O'Jays 그들 모두는 관객을 휘어잡았다. 누구보다 잭키 윌슨을 지켜보면서 가장 많이 배웠다. 이 모든 게 내 교육의 핵심 부분이었다.

우리는 커튼 뒤의 안 보이는 데 서서 출연자들이 공연 후 나오는 모습을 지켜보았다. 다들 땀범벅이었다. 난 감탄하며 옆으로 비켜서서, 지나가는 그들을 바라보았다. 출연자들 모두 멋진 에나멜가죽 구두를 신었다. 에나멜가죽 구두를 갖는 게 내 꿈의 중심인 것 같았다. 구두점에서 어린이 사이즈는 만들지 않아서 무척 상심했던 기억이 난다. 구두를 찾아 가게마다 돌아다녔지만 그렇게 작은 구두는 만들지 않는다는 답을 들었다. 무대용 구두처럼 생긴 구두를 가지고 싶었기에 너무 아쉬웠다. 윤이 나고, 조명을 받으면 반짝이면서 빨간색과 오렌지색으로 변하는 구두. 아, 잭키 윌슨의 에나멜구두 같은 구두를 얼마나 갖고 싶었는지.

나는 늘 무대 뒤편에 혼자 있었다. 형들은 위층에 몰려가 먹고 수다를 떨었다. 그 사이 난 무대 옆쪽에서 냄새나는 먼지투성이 커튼을 움켜잡고 쭈그려 앉아 쇼를 구경했다. 모든 스텝, 동작, 트위스트, 턴, 허리춤 동작, 감정, 조명의 변화를 뚫어지게 쳐다보았다. 아버지, 형들,

첫 음반 『빅보이』

다른 뮤지션들은 내가 어디 있는지 알았다. 그래서 놀림을 받기도 했지만, 눈앞의 공연을 보거나 방금 본 것을 외우는 데 정신이 팔려 상관없었다. 그 극장들 전부 기억난다. 리걸, 업타운, 아폴로. 그 외에도 많다. 그런 곳들에서 얻은 재능은 어마어마하게 크다. 세상에서 가장 큰 교육은 거장들이 일하는 모습을 지켜보는 것이다. 어떤 뮤지션들은, 예를 들면 스프링스틴Springsteen, 유투U2 등은 거리에서 교육받았다고 느낄 것이다. 나는 뼛속까지 공연자다. 난 무대에서 교육받았다.

아폴로의 벽에 잭키 윌슨의 사진이 있었다. 사진 작가는 한 다리로 서서 몸을 비틀면서, 마이크 스탠드를 획획 움직이면서도 자세를 유지하는 순간을 포착했다. 잭키가 《론리 티어드랍스Lonely Teardrops》처럼 슬픈 가사를 불렀을 수도 있지만, 관객은 그 춤에 눈이 휘둥그레져서 슬픔이나 외로움을 느끼지 못 했을 것이다.

샘 앤 데이브의 사진은 복도에, 옛날 빅 밴드 사진 옆에 있었다. 아버지는 샘 무어Sam Moore와 친해졌다. 처음 만났을 때 샘이 내게 친절해서 행복하고 어리둥절했던 기억이 난다. 내가 오랫동안 그의 노래를 불러서 샘에게 한 대 얻어맞을 각오를 했는데. 그 사진들과 멀지 않은 곳에 《더 킹 오브 뎀 올, 미스터 다이너마이트, 미스터 플리즈 플리즈 힘셀프The King of Them All, Mr. Dynamite, Mr. Please Please Himself》[3](모두의 왕, 미스터 다이너마이트, 미스터 플리즈 플리즈라고 불린 제임스 브라운이 있었다. 그가 나오

---

3 미스터 다이너마이트는 제임스 브라운의 별명이었고, 첫 곡의 제목이 《플리즈 플리즈》였다. 옮긴이 주

기 전까지 가수는 가수고 댄서는 댄서였다. 가수가 춤을 추고 댄서가 노래할 수 있었겠지만, 프레드 아스테어Fred Astaire나 진 켈리Gene Kelly가 아니면 둘 중 하나를 더 잘할 수밖에 없다. 특히 라이브 공연에서는 말이다. 그런데 제임스 브라운이 모든 걸 바꾸었다. 스포트라이트로는 무대에서 미끄러지는 그를 포착할 수 없었다. 조명을 쏟아 부어야 했다! 그리고 나도 그처럼 잘 하고 싶었다.

우리는 아폴로 아마추어 경연에서 우승했고, 나는 다시 그 사진들 앞으로 가서 스승들에게 감사드리고 싶었다. 아버지는 너무도 행복해서 그날 밤 게리로 날아갈 수도 있을 거라고 말했다. 그는 세상 꼭대기에 있었고 우리도 그랬다. 형들과 나는 전 부문 A를 받았고 월반하리라 기대했다. 더 이상 재능 경연과 스트립 클럽을 전전하지 않을 거라고 직감했다.

1968년 여름 어느 가족 그룹의 음악을 접하면서 우리의 소리와 인생이 완전히 바뀌었다. 멤버들의 성이 다 같지 않고 흑인과 백인, 남녀 혼성 그룹의 이름은 슬라이 앤 더 패밀리 스톤이었다. 긴 세월동안《댄스 투 더 뮤직Dance to the Music》《스탠드Stand》《핫 펀 인 더 썸머타임Hot Fun in the Summertime》같은 대히트곡들을 발표했다. 난쟁이가 자신 있게 일어나는 가사가 나오자 형들이 날 손짓했고, 이즈음에는 나도 따라 웃을 수 있었다. 모든 방송에서 이 곡들이 흘러나왔고 심지어 록큰롤 방송에서도 들을 수 있었다. 이 그룹은 잭슨 형제 전원에게 지대한 영향을 미쳤고 우린 그들에게 큰 신세를 졌다.

NAPP 이미지상에서

초기 연주하는 모습

아폴로 이후 한쪽 눈으로 지도를 보고, 한쪽 귀에 전화기를 대고 계속 연주했다. 부모님은 5분 이상 통화하면 안 된다는 규칙을 정했지만, 아폴로에서 돌아온 후로는 5분도 너무 길었다. 음반사에서 연락이 올지 몰라서 우린 전화를 쓰지 않았다. 다른 통화를 하느라 음반사의 연락을 놓칠까 걱정하며 살았다. 특히 한 음반사의 연락을 기다렸고, 그쪽에서 전화했을 때 곧장 전화를 받고 싶었다.

기다리는 사이, 어떤 사람이 아폴로에서 우리를 보고 뉴욕의《더 데이비드 프로스트 쇼The David Frost Show》에 추천했다. 우리가 텔레비전에 나오다니! 가장 흥분되는 사건이었다. 학교 친구들에게 자랑했고, 내 말을 믿지 않는 사람들에게도 말했다. 며칠 후 차를 타고 갈 예정이었다. 계속 시간을 헤아렸다. 여행 전부를 상상해봤다. 방송국 스튜디오는 어떻게 생겼을까, 텔레비전 카메라를 보면 어떤 기분이 들려나.

난 선생님이 미리 내준 여행하면서 공부할 과제를 들고 집에 돌아왔다. 우리는 드레스 리허설을 한 번 더 하고, 마지막으로 곡 선택을 하려 했다. 어느 곡들을 부르게 될지 궁금했다.

그날 오후 아버지는 뉴욕 여행이 취소됐다고 알렸다. 우리 모두 하던 일을 멈추고 그를 멀뚱멀뚱 쳐다보았다.

우린 충격을 받았다. 나는 울음을 터뜨릴 지경이었다. 이제 크게 뭔가 이룰 참나였다. 어떻게 우리한테 이럴 수 있지? 무슨 일이 벌어진 거야? 왜 프로스트 씨가 마음을 바꾸었을까? 나는 비틀거렸고 다른 형제들도 마찬가지였을 것이다.

"내가 취소했다." 아버지는 침착하게 말했다. 우린 아무 대꾸도 못하고 다시 그를 쳐다보기만 했다.

"모타운에서 전화가 왔거든." 등골이 오싹했다.

그 여행을 떠나기 전 며칠이 아주 또렷이 기억난다. 랜디의 1학년 교실 밖에서 기다리는 내가 눈에 선하다. 말론 형이 랜디를 집에 데려갈 차례였는데, 오늘은 나와 당번을 바꾸었다.

랜디의 선생님은 내게 디트로이트에서 행운이 따르기를 빈다고 말했다. 모타운에 오디션을 보러 가는 소식을 랜디가 담임에게 말했던 것이다. 랜디가 어찌나 흥분했던지 나는 동생이 디트로이트가 뭔지도 모른다는 걸 염두에 둬야 했다. 그동안 온 가족이 모타운 이야기만 했고, 랜디는 도시가 뭔지도 몰랐다. 선생님은 랜디가 교실에 있는 지구본에서 모타운을 찾고 있다고 내게 말했다. 또 시카고의 리걸에서 공연한 《유 돈 노우 라이크 아이 노우You Don't Know Like I Know》를 불러야 된다는 말도 했다. 교사 몇 명이 우리 공연을 보러 시카고에 와서 그 곡을 들은 적이 있었다. 나는 랜디에게 코트를 입히면서 명심하겠다고 예의바르게 대답했지만 모타운 오디션에서 샘 앤 데이브의 곡을 연주하면 안 되는 걸 알고 있었다. 그들은 라이벌 음반사인 《스택스Stax》 소속이었다. 아버지는 회사들이 그런 문제에 무척 민감하니까, 거기 갔을 때 곤란한 일을 자초하면 안 된다고 우리에게 당부했다. 그는 나를 쳐다보면서 열 살짜리 싱어가 제대로 해내는 걸 보고 싶다고 말했다.

개럿 초등학교를 나섰다. 집까지 걸어서 가까웠지만 서둘러야 했다. 도로에 차가 자꾸 지나가고 초조해지던 기억이 난다. 랜디는 내 손을 잡았고 우린 횡단보도 안내원에게 손을 흔들었다. 나와 말론은 형들과 디트로이트에서 잘 예정이어서, 내일은 라토야가 와서 랜디를 학교에 데려다줘야 했다.

마지막으로 디트로이트의 폭스 씨어터에서 연주했을 때, 쇼가 끝난 직후에 떠나 게리로 돌아오니 새벽 5시였다. 나는 돌아오는 내내 잤기 때문에 다음 날 아침에 학교에 가서 그리 힘들지 않았다. 그런데 오후 3시 리허설을 할 즈음, 누가 발에 납덩이를 매단 것처럼 축축 처졌다.

그날 우리가 세 번째 순서여서 연주를 한 직후에 떠날 수도 있었지만, 그러면 인기 가수인 잭키 윌슨의 연주를 놓쳐야 했다. 다른 무대에서 그를 본 적이 있었지만, 폭스에서 그와 밴드는 떠오르는 무대에서 연주를 시작했다. 다음 날 방과 후에 피곤했지만, 난 애들이 지켜보는 가운데 학교 화장실의 긴 거울 앞에서 연습을 했다. 그 후 리허설을 하면서 윌슨의 몸짓들을 흉내내려고 애썼다. 아버지의 마음에도 들어서 우린 평소 안무에 그 스텝들을 넣었다.

랜디와 내가 잭슨 가로 접어드는 모퉁이를 돌기 직전에 큰 웅덩이가 있었다. 나는 도로를 봤지만 차가 없자 랜디의 손을 놓고 웅덩이를 뛰어넘었다. 코르덴 바지 가랑이가 젖지 않게 발끝으로 빙그르르 돌수 있었다. 난 랜디도 따라 하고 싶을 줄 알고 뒤를 돌아보았다. 랜디가 뛰어서 넘으려고 뒷걸음질했지만, 웅덩이가 커서 동생이 물에 빠지리란 걸 난 알았다. 그래서 먼저 형답게, 두 번째로는 댄스 선생님답게 랜디가 물에 빠져 옷을 적시기 전에 붙잡아주었다.

길 건너에서 동네 애들이 캔디를 사고 있었다. 학교에서 나를 괴롭히는 아이 몇 명까지도 언제 모타운에 가느냐고 물었다. 난 대답해주고, 용돈으로 그 애들과 랜디에게 사탕을 사주었다. 내가 가는 것을 랜디가 속상해하지 않기를 바랐다.

집 가까이 가니 말론이 외치는 소리가 들렸다. "누구 그 문 좀 닫아!" 폭스바겐 미니버스의 옆문이 활짝 열려 있었고, 나는 디트로이트까지 먼 길이 얼마나 추울 지 생각하며 몸을 떨었다. 말론은 먼저 집에 와서, 벌써 잭키를 도와 버스에 짐을 싣고 있었다. 잭키와 티토는 처음으로 늦지 않게 집에 돌아왔다. 그들은 농구 연습을 해야 했지만 겨울에 인디애나는 진흙탕인데다 우린 일찍 출발하고 싶었다. 잭키는 그 해에 고교 농구팀이어서, 아버지는 다음에 인디애나폴리스에 연주하러 갈 때 루스벨트 고교가 주 대회에 나갈 거라고 말하곤 했다. 《잭슨 5》가 저녁에도 한 탕 뛰고 아침 경기에도 뛰게 생겼고 잭키가 결승골을 넣을 거라고 덧붙였다. 아버지는 우리를 놀리기 좋아했지만, 잭슨 일가에 어떤 일이 벌어질지 모르는 노릇이었다. 아버지는 자식들이 음악만 아니라 다양한 활동에서 뛰어나기를 바랐다. 교편을 잡았던 할아버지에게 욕심을 물려받았던 것 같다. 내 선생님들은 아버지만큼 몰아붙이지 않았고, 그저 거칠고 까다롭게 구는 대가로 보수를 받았다.

어머니가 문에 나와서 보온병과 샌드위치 도시락을 주었다. 그녀가 나한테 전날 찢어진 셔츠를 꿰맸으니 조심하라고 당부했던 기억이 난다. 랜디와 나는 짐을 버스에 싣는 일을 거든 후 주방으로 갔다. 레비가 한 눈으로 아버지의 저녁식사를 살피면서 한 눈으로는 어린이 의자에 앉은 자넷을 지켜봤다.

맏이로서 레비 누나의 생활은 순탄치 않았다. 모타운 오디션이 끝나면 이사해야 될지 결론이 날 터였다. 우리가 이사해야 되면 레비는 약혼자와 남부로 갈 예정이었다. 어머니가 야간학교에 가면 레비가 살림을 했다. 어머니는 병치레 하느라 고교 졸업장을 받지 못해서 이제 고교 과정을 이수하는 중이었다. 그녀가 졸업장을 받겠다고 말했을 때 난 믿을 수가 없었다. 어머니가 잭키나 티토 또래와 학교에 다니면서 놀림을 받을까 걱정스러웠다. 내가 이 말을 하자 어머니가 박장대소하던 기억이 난다. 그녀는 어른들과 공부할 거라고 찬찬히 설명했다. 우리처럼 숙제를 해야 되는 어머니가 있는 것은 흥미로웠다.

버스에 짐을 싣는 일은 평소보다 수월했다. 평소라면 로니와 자니가 공연을 도와주러 갔을 테지만, 모타운 소속 뮤지션들이 받쳐주기로 해서 우리 가족만 떠나게 되었다. 내가 우리 방에 들어가니 저메인은 과제를 마무리하고 있었다. 형이 과제 부담을 덜고 싶어 하는 걸 난 알았다. 저메인은 아버지를 놔두고 우리끼리 모타운으로 출발해야 된다고 말했다. 잭키가 운전면허 교육을 받았고 차 열쇠를 갖고 있다고 해서 우리는 둘 다 웃었지만, 난 아버지 없이 가는 것은 상상조차

할 수 없었다. 아버지가 공장 일 때문에 귀가하지 않아서 어머니가 방 과 후에 리허설을 이끌 때도 그가 거기 있는 것 같았다. 어머니가 아 버지의 눈과 귀 역할을 했으니까. 그녀는 늘 전날 밤에 어떤 점이 좋 았는지, 오늘 어떤 부분이 부족한지를 알았다. 밤에 아버지는 부족했 던 그 부분부터 리허설을 이끌었다. 부부가 서로 신호 같은 걸 주고받 는 것 같았다. 아버지는 어머니에게 보이지 않는 신호를 받아서, 우리 가 낮에 제대로 연습했는지 항상 알았다.

모타운으로 출발할 때 집 앞에서 긴 작별 인사 같은 건 없었다. 어 머니는 우리가 며칠간, 또 방학 동안에 떠나 있는 데 익숙했다. 라토 야는 가고 싶어서 샐쭉했다. 라토야는 시카고에서만 우리 공연을 봤 고, 우린 보스턴이나 피닉스 같은 곳에서 오래 머물 수가 없어서 선물 을 갖다 주지 못했다. 집에 남아 등교해야 되는 라토야의 눈에 우린 무척 화려한 생활을 했다. 레비는 자넷을 재우느라 분주한데도 작별 인사를 외치고 손을 흔들었다. 나는 랜디의 머리를 마지막으로 쓰다 듬었고 우리는 출발했다.

차를 타고 가면서 아버지와 잭키는 지도를 살폈다. 그건 습관이었 다. 당연히 디트로이트에 가봤으니까. 시내를 통과하면서 시청 옆에 있는 키스 씨의 녹음실 앞을 지나갔다. 스틸타운 음반을 낸 후, 키스 씨의 녹음실에서 녹음한 데모 테이프를 아버지가 모타운에 보냈다. 해가 질 무렵 고속도로로 들어섰다. 말론은 WVON에서 우리 음반을 방송했으니 행운을 불러올 거라고 말했다. 우리 모두 고개를 끄덕였

모자에 대한 나의 애착은 『빌리 진』보다 훨씬 앞서 있었다.

다. 아버지는 WVON이 어떤 단어의 머리말이냐고 묻고 잭키에게 입 다물라고 옆구리를 찔렀다. 내가 창 밖을 내다보면서 무슨 단어의 약 자일지 생각하는 동안 저메인이 냉큼 말했다.

"보이스 오브 더 니그로Voice Of the Negro (흑인의 목소리)."

곧 우리는 라디오 방송국들의 약칭을 쭉 읊었다.

"WGN - World's Greatest Newpaper"(시카고 트리뷴 신문 소유), "WLS-World's Largest Store"(시어스), "WCFL……." 우리는 말문이 막 혀서 멈추었다.

"Chicago Federation of Labor (시카고 노동 총연맹)" 아버지가 말하면 서 보온병을 가리켰다.

차는 I-94도로를 달렸고 게리 방송국의 주파수가 잡히지 않으면서 칼라마주Kalamazoo 방송국으로 넘어갔다. 비틀스의 음악이 나오는 캐나 다 온타리오 주 윈저의 CKLW로 주파수를 돌렸다.

난 항상 모노폴리Monopoly 게임을 좋아했고, 차를 타고 모타운에 가 는 것은 그 게임과 비슷한 데가 있었다. 모노폴리에서 참가자는 보드 판을 돌면서 부동산을 사고 결정을 내린다. 우리가 연주하고 경연에 서 우승한《치틀린 서킷Chitlin' Circuit》극장은 가능성과 함정이 잔뜩 있 는 일종의 모노폴리 보드판이었다. 도중에 멈춤이 있었지만 결국 우 리는 할렘의 아폴로 씨어터에 도착했고, 그곳은 우리 같은 애송이 연 예인들에게는《파크 플레이스Park Place》였다. 이제 우리는 보드워크를 올라 모타운으로 향했다. 우리가 게임에서 이길까, 아니면 출발점을 지나쳐서 목표에서 쭉 미끄러져서 다음 라운드로 넘어가야 될까?

내 안에서 변화가 생겼고, 미니버스에서 떨면서도 그걸 느낄 수 있었다. 오랜 세월 우린 게리를 벗어날 실력이 되는지 궁금해 하면서 시카고에 달려갔고, 과연 그랬다. 그 후 뉴욕으로 가면서 성공할 실력이 못 되면 세상 밖으로 떨어질 것 같은 기분이 들었다. 필라델피아와 워싱턴에서 여러 밤을 보냈지만, 뉴욕에서 모르는 가수나 그룹이 튀어나와 우리를 이길지 걱정을 멈출 수가 없었다. 아폴로를 함락시키자 마침내 아무도 우리를 막지 못한다고 느꼈다. 우린 모타운으로 향했고, 아무 것도 우리를 놀라게 하지 않을 터였다. 우리가 그들을 놀라게 할 거야, 늘 그랬던 것처럼.

아버지는 차의 사물함에서 타자 친 설명서를 꺼냈고, 고속도로에서 빠져서 우드워드 가 출구로 나갔다. 다른 사람들은 이튿날 학교에 가기 때문에 거리가 북적대지 않았다.

아버지가 숙소가 제대로 준비되었는지 안달하는 걸 보고 난 놀랐다. 그제야 모타운 측에서 호텔을 정했다는 걸 알아차렸다. 평소 남이 마련해준 숙소에 묵는 일은 흔치 않았다. 우리는 직접 알아서 하기를 좋아했다. 늘 아버지가 예약 담당, 여행 담당, 매니저 역할을 도맡았다. 그러니 모타운이라고 해도 아버지는 직접 예약하지 않아 불안했다. 매사 그가 처리하는 게 마음 편했다.

고담 호텔에 투숙했다. 예약이 되었고 모든 게 제대로 준비되었다.

객실에 텔레비전이 있었지만 모든 채널이 해제되었고, 어쨌든 오디션이 10시여서 늦게 자지는 않을 터였다. 아버지는 우리를 눕게 하고 문을 잠그고 나갔다. 저메인과 나는 말도 못할 만큼 고단했다.

다음 날 우리는 시간 맞춰 일어났다. 아버지가 깨웠다. 하지만 사실 우리도 아버지 못지않게 흥분해서 그가 부르자 침대에서 내려왔다. 오디션은 익숙하지 않았다. 우리를 프로로 봐주는 곳에서 연주한 경험이 별로 없어서였다. 우리가 잘 하고 있는지 판단하기 어려우리란 걸 알았다. 경연이든 클럽 공연이든 청중의 반응에 익숙했으니까. 하지만 아버지는 오디션 시간이 길어질수록 그들이 더 듣고 싶은 거라고 알려주었다.

커피숍에서 시리얼에 우유를 부어 먹은 후, 폭스바겐 미니버스에 올라탔다. 나는 메뉴에 옥수수죽이 있는 걸 보고, 남부 사람들이 많이 산다는 걸 알았다. 당시 남부에 가보기 전이라서 언젠가 어머니의 고향에 가보고 싶었다. 뿌리를, 흑인의 뿌리를 느끼고 싶었다. 마틴 루터 킹 박사[4]가 그 일을 당한 후 특히 그랬다. 그가 죽은 날을 똑똑히 기억한다. 모두 무너져 내렸다. 그날 밤 우리는 리허설을 하지 않았다. 나는 식구 몇 명과 어머니를 따라 왕국회관에 갔다. 사람들은 혈족을 잃은 것처럼 울었다. 평소 감정을 잘 드러내지 않는 남자들도 슬

---

4 Martin Luther King Jr. 기독교 평화주의자로 흑인인권 운동을 주도하다가 1968년 암살당했다. 옮긴이 주.

품을 억누르지 못했다. 나는 너무 어려서 비극적인 상황을 다 알진 못했지만, 이제 그날을 되돌아보면 울고 싶어 진다. 킹 박사를 위해, 유족을 위해, 우리 모두를 위해.

《힛츠빌 유에스에이Hitsville USA》로 알려진 스튜디오를 처음 찾은 사람은 저메인이었다. 쓰러져가는 건물 풍경은 내 기대와 달랐다. 거기서 누구를 볼지, 그날 누가 음반을 녹음하고 있을지 궁금했다. 아버지는 모든 대화를 그에게 맡기라고 미리 귀띔했다. 전에 공연해본 적 없는 것처럼 공연하는 게 우리가 할 일이었다. 그것은 엄청난 요구였다. 우린 늘 공연마다 모든 걸 쏟았으니까. 하지만 그의 말이 무슨 뜻인지 알았다.

안에서 기다리는 사람이 많았지만, 아버지가 암호를 말하자 셔츠와 타이 차림의 남자가 나와 우리를 맞이했다. 그가 우리 각자의 이름을 알아서 다들 깜짝 놀랐다. 그는 거기 코트를 벗어놓고 따라오라고 했다. 다른 사람들은 우리를 유령 보듯 멍하니 쳐다보았다. 나는 그들이 누구고 어떤 사연이 있는지 궁금했다. 그 사람들은 매일 약속 없이 들어가기를 바라며 여기 올까?

스튜디오에 들어가니, 모타운 직원 한 명이 영화카메라를 맞추고 있었다. 악기들과 마이크들이 세팅된 구역이 있었다. 아버지는 누군가와 대화하러 사운드 부스로 사라졌다. 나는 폭스 씨어터에 있는 체하려고 애썼다. 떠오르는 무대에 있는 척, 늘 하는 일인 척 하려고 했다. 주위를 둘러보면서, 스튜디오를 짓는다면 마이크는 아폴로처럼 바닥에서 올라오게 만들겠다고 다짐했다. 거기서 마이크가 슬그머니 무대 바닥 밑으로 사라지자, 어디로 가는지 알아보려고 계단을 뛰어 내려가다가 엎어질뻔한 적이 있었다.

우리가 부른 마지막 곡은《후스 러빙 유》였다. 노래가 끝나자 아무도 박수하거나 말하지 않았다. 반응을 모르니 견딜 수가 없어서 내가 불쑥 말했다.

"어땠어요?"

저메인이 입을 다물라고 했다. 우리 연주를 지원하던 뮤지션들이 뭐 때문인지 깔깔댔다. 그들을 곁눈질로 보니 한 명이 환하게 웃으면서 말했다.

"잭슨 자이브Jackson Jive라고 했나?"

나는 어리둥절했다. 형들도 마찬가지였을 것이다.

우리를 안내했던 사람이 말했다.

"와줘서 고마워요."

우리는 아버지의 안색을 살폈지만, 그는 기쁘지도 실망하지도 않은 듯 했다. 밖으로 나오니 아직 환한 대낮이었다. I-94 도로를 타고 게리로 돌아왔다. 내일 학교에 가려면 숙제를 해야 되는 걸 알았고, 또 이것으로 끝인지 궁금해서 시무룩했다.

제2장

약속의 땅

모타운 오디션에 통과했다는 걸 알자 우리는 기뻐서 날뛰었다. 베리 고디가 우리를 앉혀놓고, 함께 역사를 쓸 거라고 말했던 기억이 난다. 그가 말했다.

"나는 너희를 세계 최고로 만들어서 너희가 역사책에 언급되게 할 거야."

정말로 그렇게 말했다. 우리는 몸을 숙이고 베리의 말을 들으면서 "네! 네!"라고 맞장구쳤다. 그걸 잊을 수가 없다. 우린 그의 집에 갔고, 이 권력과 재능이 있는 사람이 우리를 대단하게 만들어준다는 말을 들으니 동화가 현실이 되는 것 같았다.

"너희 첫 음반은 1위를 할 거고, 두 번째 음반도 1위를 할 거고, 세 번째 음반도 마찬가지일 거야. 세 음반이 연속해서 1위를 하는 거지. 너희는 다이애나 로스Diana Ross와 《슈프림스The Supremes》가 그랬던 것처럼 차트를 강타할 거야."

그 시절에는 이런 말을 거의 듣지 못했지만 베리 고디가 옳았다. 우리는 과연 그렇게 했다. 연속해서 세 번을.

　그러니 다이애나가 우리를 발굴하진 않았지만, 그 시절 그녀에게 입은 은혜는 이루 보답할 수 없을 것이다. 마침내 남캘리포니아로 옮겼을 때, 우린 다이애나와 살다시피 했고, 1년 이상 그녀의 자택에서 일정 시간 머물렀다. 몇 명은 베리 고디의 집에서, 몇 명은 다이애나의 집에서 지내다가 서로 바꾸었다. 다이애나는 정말 친절해서 우리에게 어머니 역할을 해주고, 편안하게 느끼게 해주었다. 부모님이 게리의 집을 정리하고 캘리포니아에서 가족이 살 집을 마련하기까지 1년 반 동안 다이애나는 우리가 잘 지내도록 도왔다. 베리와 다이애나가 베버리힐스Beverly Hills의 같은 거리에 살아서 편리했다. 우리는 베리의 집에 있다가 다이애나의 집으로 돌아가곤 했다. 나는 대부분 낮에는 다이애나의 집에 있다가 밤에 베리의 집으로 갔다. 내게는 중요한 시기였다. 다이애나가 그림을 좋아해서 나도 그림을 좋아하게 격려했기 때문이다. 그녀는 시간을 내서 내게 미술 교육을 시켰다. 우린 거의 매일 외출했고, 둘만 나가서 연필과 물감을 구입했다. 그림을 그리지 않을 때면 같이 미술관에 갔다. 다이애나는 내게 미켈란젤로Michelangelo와 드가Degas 같은 위대한 미술가의 작품을 소개했고, 그렇게 내 평생의 미술 취미가 시작되었다. 그녀에게 참 많이 배웠다. 정말 새롭고 신나는 일이었다. 내가 하던 일과는 전혀 달랐다. 예전에는 생활하고 음악을 호흡하면서 매일 연습했다. 다이애나 같은 대스타가 시간을 내서, 아이한테 그림을 가르치고 미술 교육을 해주다니 믿기 어려울 것이다. 하지만 그녀는 그렇게 해주었고, 그래서 난 다이애나를 사랑했다. 지금도 마찬가지고. 난 그녀에게 열광한다. 다이애나는 어머니, 연인, 누나가 다 합해진 멋진 사람이었다.

나와 형들에게 정말 격렬한 나날이었다. 시카고에서 비행기를 타고 캘리포니아로 날아가니 다른 나라에, 다른 세상에 온 것 같았다. 우리가 살던 인디애나 지역은 굉장히 도시적이고 때로 을씨년스러웠다. 그런데 남캘리포니아에 도착하니 세상이 황홀한 꿈으로 변한 것 같았다. 당시 나는 자제할 수 없어서 어디든지 다 돌아다녔다. 디즈니랜드Disneyland, 선셋대로Sunset Strip, 해변 등등을. 형들도 좋아해서 생전 처음 사탕가게에 간 애들처럼 모든 것에 홀딱 반했다. 캘리포니아에 놀랐다. 나무에 오렌지가 주렁주렁 열리고 한겨울에도 잎들이 새파랬다. 야자수와 아름다운 일몰이 있었고 날씨는 아주 따뜻했다. 매일이 특별했다. 나는 재미있는 일을 하면서 끝나지 않기를 바랐지만, 나중에도 똑같이 즐거운 다른 일이 있으니 기대해도 된다는 걸 깨달았다. 아찔한 시절이었다.

거기 있는 가장 좋은 점 하나는 모타운의 대스타들을 만나는 일이었다. 그들은 베리 고디가 디트로이트에서 이주하자 같이 캘리포니아로 옮겨왔다. 처음 스모키 로빈슨Smokey Robinson과 악수한 기억이 선명하다. 왕과 악수하는 것 같았다. 내 눈이 반짝반짝했고, 난 어머니에게 로빈슨의 손이 폭신한 베개를 잡는 느낌이었다고 말했다. 스타는 사람들이 자신을 만나 그리 큰 인상을 받지 않는 줄 알지만, 팬들은 그렇지 않다. 적어도 나는 그랬다. "그의 손이 정말 부드러워"라고 말하면서 돌아다녔다. 지금 생각하면 바보 같은 말이지만, 그런 인상이 깊었다. 스모키 로빈슨과 악수했으니 그럴 만도 했다. 나는 존경하는 화가, 음악가, 작가가 아주 많다. 어렸을 때 내가 보는 사람들은 진짜 쇼맨들이었다. 제임스 브라운, 새미 데이비스 주니어Sammy Davis Jr., 프레드 아스테어, 진 켈리 등등. 위대한 쇼맨은 모든 이를 감동시킨다. 그게 위대함의 시험대고 이들은 그걸 가졌다. 미켈란젤로의 작품처럼 감동을 준다. 누구든 관계없이. 어떤 식으로든 영향을 받은 작품의 창작자를 만날 기회가 생기면 늘 짜릿하다. 깊은 감동을 주거나, 미처 생각해 보지 않은 방향의 시각을 갖게 하는 책을 읽은 적이 있다. 어떤 노래나 가창법에 흥분하거나 감동하거나, 아무리 들어도 질리지 않는 애창곡이 된다. 사진이나 그림이 우주를 보여줄 수도 있다. 같은 맥락에서 배우의 연기나 집단 공연은 나를 변화시킬 수 있다.

그 시절 모타운은 아이들 그룹의 음반을 만들지 않았다. 사실 거기서 음반을 제작한 어린 가수는 유일하게 스티비 원더Stevie Wonder였다. 그래서 모타운은 아이들을 홍보한다면, 그저 노래와 춤을 잘 하는 수준을 넘어서는 아이들이어야 된다고 결정했다. 그들은 사람들이 우리를 음반이 아니라 인간 됨됨이 때문에 좋아하기를 바랐다. 회사는 우리가 학교 공부를 계속하고 팬들, 기자들, 만나는 모든 사람들에게 다정한 태도로 귀감으로 만들고 싶어 했다. 우리에게는 어려운 일이 아

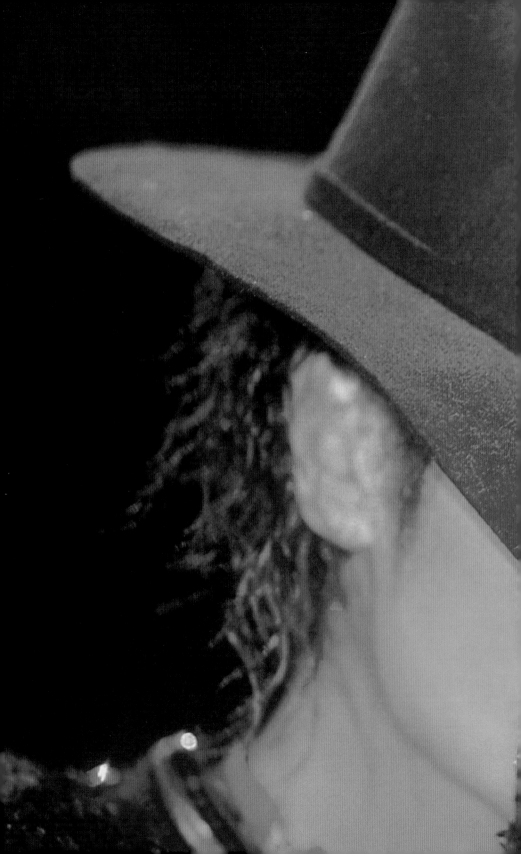

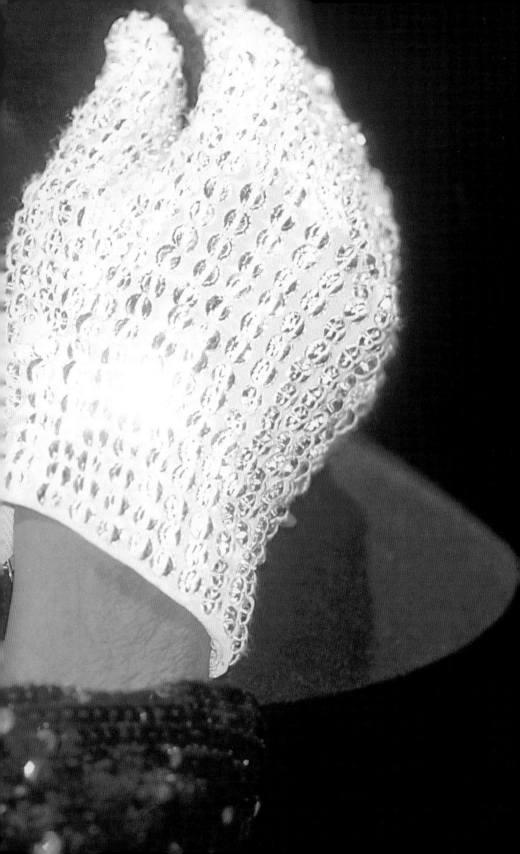

니었다. 어머니가 예절 바르고 배려하는 아이들로 키웠으니까. 그게 제2의 천성이었다. 우리가 알려지자 학교에 다닐 수 없다는 게 학교 공부의 유일한 문제였다. 사람들이 교실 창문에 고개를 들이밀고 사인이나 사진을 요구했다. 나는 한눈 팔지 않고 수업에 몰두하려고 노력했지만, 결국 불가능해졌고 집에서 가정교사에게 배우게 됐다.

이 기간에 수전 드 파세Suzanne de Passe라는 여성이 우리 생활에 큰 영향을 미쳤다. 그녀는 모타운 직원으로, 우리가 로스앤젤레스로 이주하자 세심히 트레이닝 시켰다. 또《잭슨 5》의 매니저가 되었다. 가끔 수전과 살았고 같이 식사하고 놀기도 했다. 우리는 시끄럽고 활기찬 부대였고, 수전도 젊고 재미있었다. 그녀는《잭슨 5》의 형성에 지대한 공헌을 했고 노고에 아무리 감사해도 부족할 것이다.

수전이 우리 다섯 명의 목탄화를 보여주던 기억이 난다. 각각의 스케치에서 헤어스타일이 다 달랐다. 다른 색연필 그림에서는 각기 다른 옷을 입었고, 칼라폼처럼 서로 바꿔 입을 수도 있었다. 헤어스타일이 결정된 후 이발소로 가면, 이발사가 그림대로 머리 모양을 다듬어주었다. 수전이 옷을 보여주고 나면, 우린 의상팀에 가서 옷을 입어보았다. 담당자들이 옷을 입혀보고 적당하지 않다는 결론이 나면, 우린 다시 칼라폼으로 돌아가서 다른 옷을 입어보았다.

매너와 문법 수업을 받았다. 그들은 질문지를 주면서 사람들이 물을 만한 질문들이라고 말했다. 사람들은 늘 관심사와 고향, 같이 노래하니 어떤지 물었다. 팬들과 기자들 모두 우리가 각각 몇 살에 공연을 시작했는지 궁금해 했다. 대중이 음악 때문에 관심을 주는 게 고맙지만, 삶을 노출하고 사는 것은 어려운 일이었다.

모타운 측은 우리가 들어본 적 없는 질문들에 대답하는 테스트를 했다. 문법 테스트도 했다. 식탁 예절도 테스트했다. 우리가 준비가 되자, 담당자들은 의상을 마지막으로 수선하고, 새로 만든 아프로⁵를 다듬었다.

드디어 배울 신곡《아이 원트 유 백》이 나왔다. 이 노래에 사연이 있다는 것을 우리는 알게 되었다. 곡을 쓴 프레디 페렌Freddie Perren은 시카고 출신이었다. 시카고의 나이트클럽에서 우리가 제리 버틀러Jerry Butler의 오프닝을 할 때, 페렌은 제리의 피아니스트였다. 그는 클럽 주인이 다른 가수를 쓸 형편이 아니어서 꼬마들을 고용한 줄 알고 우리를 동정했다. 그런데 우리 공연을 보자 견해가 싹 바뀌었다.

알고 보니《아이 원트 유 백》의 원 제목은《아이 원트 투 비 프리I Want To Be Free》였고, 글래디스 나이트에게 주려고 쓴 곡이었다. 프레디는 베리가 글래디를 무시하고 노래를 슈프림스에게 줄 거라고까지 생각했다. 그런데 베리는 인디애나 주 게리 출신의 아이들 그룹과 계약했다고 프레디에게 말했다. 프레디는 상황을 맞춰보더니 그게 우리인 걸 알고 운명을 믿기로 했다.

예전에 게리에서 스틸타운의 곡들을 연습할 때는, 티토와 저메인이

⁵ **Afro.** 고수머리 그대로 부풀린 흑인의 둥근 머리 모양. 옮긴이 주.

수많은 모타운 시대의 풋 세션의 하나.

특별히 신경을 써야 했다. 그 음반들을 녹음하는 책임이 둘에게 있기 때문이었다. 《아이 원트 유 백》의 데모를 들을 때 두 형은 기타와 베이스 파트에 귀 기울였지만, 아버지는 모타운은 음반을 녹음할 때 그들에게 연주를 맡기지 않을 거라고 말했다. 하지만 그것은 둘에게 독자적으로 계속 연습해야 된다는 압박이라고 강조했다. 팬들 앞에서 공연할 때는 음반과 똑같이 해야 되기 때문이었다. 한편 각자 연주해야 되는 소절과 가사가 있었다.

노래 부문에서 우리를 관리하는 프레디 페렌, 바비 테일러, 데크 리차즈Deke Richards는 할 데이비스Hal Davis, 폰스 미젤Fonce Mizell이라는 다른 모타운 직원과 함께 우리의 첫 싱글곡을 쓰고 제작할 팀의 일원이었다. 이들 전부를 《코퍼레이션The Corporation (회사)》이라고 불렀다. 리차즈의 아파트에 연습하러 가니, 그는 우리가 잘 준비되었다며 놀랐다. 그는 보컬 편곡에 손볼 데가 별로 없자, 우리가 잘 할 때 녹음실로 직행해서 각 부분을 녹음하는 게 낫겠다고 생각했다. 이튿날 오후 우린 녹음실로 갔다. 대충 믹스한 녹음을 갖고 베리 고디에게 가면서 다들 신났다. 그의 녹음실에 도착하니 아직 오후 나절이었다. 베리가 녹음을 들으면 우린 저녁 식사 전에 귀가할 걸로 짐작했다.

하지만 내가 리차즈의 차 뒷좌석에 주저앉은 것은 밤 1시였다. 집에 가는 내내 나는 잠과 싸우며 고개를 똑바로 들려고 애썼다. 고디는 우리가 부른 노래를 못마땅해 했다. 우린 모든 부분을 반복해서 불렀고, 그러면 고디는 어떤 부분의 편곡을 바꿀지 점검했다. 그는 우리를 새롭게 하려고 노력했다. 학교 합창단 지휘자가 청중에게 들리지 않더라도 모든 단원이 독창하듯 노래하게 만들려고 애쓰는 것과 비슷했다. 베리는 우리를 그룹으로 연습시키고 곡을 매만진 후, 나를 따로 불러 내 부분을 일일이 설명해주었다. 그가 원하는 게 뭔지, 그렇게 되려면 내가 어떻게 하면 되는지 정확히 설명했다. 그러고 나서 곡을 녹음할 프레디 페렌에게 모든 걸 설명했다. 베리는 이 분야에 탁월했다. 싱글이 발매된 직후 앨범 작업에 들어갔다. 《아이 원트 유 백》 세션이 무척 인상적인 것은, 그 곡에 쏟은 시간이 나머지 수록곡들에 쏟은 시간을 합한 것보다 길기 때문이었다. 그 시절 그것은 모타운의 작업 방식이었다. 베리가 완벽성과 세심한 주의를 주장해서였다. 그의 끈질긴 근성을 결코 못 잊을 것이다. 이게 그의 천재성이었다. 그때나 이후나 난 베리와 함께 한 세션들의 매 순간을 지켜보았고, 배운 것을 잊지 않았다. 오늘까지도 같은 원칙을 고수한다. 베리는 내 스승, 위대한 스승님이었다. 그는 노래를 좋은 정도가 아니라 대단하게 만들 작은 요소도 짚어낼 줄 알았다. 마법 같았다. 베리가 모든 것 위에 마법 가루를 뿌리기라도 한 것 같았다.

86

나와 형들에게 모타운 레코드 녹음은 짜릿한 경험이었다. 우리가 반복해서 녹음하면 작곡가 팀이 음악의 모양을 만들고, 틀에 넣고 조각해서 완벽하게 만들었다. 우린 한 트랙을 그들이 만족할 때까지 몇 주간 작업했다. 작곡 팀이 작업하는 동안 음악이 점점 좋아지는 것을 난 알 수 있었다. 그들은 가사, 편곡, 리듬, 모든 걸 바꾸곤 했다. 베리

자신이 완벽주의자여서 작곡 팀에게 그렇게 작업할 재량권을 주었다. 그들이 곡에 손대지 않아도 베리가 손댔을 것이다. 베리는 재주가 있었다. 작업 중인 방에 그가 들어와, 내게 어떻게 하라고 말하면 과연 그 말이 옳았다. 놀라울 따름이었다.

1969년 11월,《아이 원트 유 백》이 출시되자 6주 만에 음반 2백만 장이 팔리면서 1위에 올랐다. 1970년 3월에는 다음 싱글 곡《에이비씨》가 나와 3주 만에 음반 2백만 장이 팔렸다. 지금도 내 노래 부분이 마음에 든다.

"싯다운, 걸! 아이 씽크 아이 루브 유! 노, 겟 업, 걸, 쇼우 미 왓 유 캔 두!Siddown, girl! I think I loove you! No, get up, girl, show me what you can do!"

세 번째 싱글《더 러브 유 세이브》가 1970년 6월에 1위에 오르면서 베리의 장담은 현실이 되었다.

다음 싱글《아이 윌 비 데어》역시 그해 가을에 대히트하자, 우린 베리의 기대를 뛰어넘었고 그의 노고에 보답할 수 있음을 깨달았다.

형들과 나는, 그리고 우리 가족은 무척 자랑스러웠다. 우린 새로운 10년의 새로운 사운드를 창조했다. 아이들이 이렇게 많은 히트 음반을 낸 것은 음반 역사상 최초의 사건이었다.《잭슨 5》는 또래 아이들과 경쟁한 적이 없었다. 아마추어 시절에는《파이브 스테어스텝스Five Stairsteps》라는 그룹과 만나곤 했다. 잘 하는 팀이었지만 우리 같은 강한 가족애가 없는 것 같더니 아쉽게도 해체했다. "에이비씨"가 차트를 강타한 후, 우리가 만든 시류에 편승하려고 음반사들이 그룹들을 선보이기 시작했다. 나는 이런 그룹들을 좋아했다.《파트리지 패밀리The Partridge Family》《오스몬즈The Osmonds》《드프랑코 패밀리The DeFranco Family》 등이었다. 오스몬즈는 이미 활동 중이었지만 아주 다른 스타일의 음악을 했다. 중창단 음악이나 저음으로 감상적으로 노래를 불렀다. 우리가 히트하자마자 오스몬즈를 비롯해 다른 그룹들은 급히 소울 음악에 손대기 시작했다. 상관없었다. 경쟁은 건강한 거니까. 친척들도 오스몬즈의《원 뱃 애플One Bad Apple》을 우리 노래로 알았으니까. 내 키가 워낙 작아서 내 이름이 적힌 사과상자에 올라가야 마이크를 잡을 수 있었다. 마이크가 내 또래에게 맞게 내려지지 않았다. 내 유년기의 대부분이 그렇게 흘러갔다. 내가 사과상자에 올라서 진심으로 노래하는 사이 다른 애들은 밖에서 놀았다.

앞에서 말했듯이 그 시절 모타운의《코퍼레이션》이 우리 음악을 프로듀싱 하고 다듬었다. 어떤 곡을 난 이렇게 불러야 된다고 느끼는데, 프로듀서들은 다르게 불러야 된다고 지시하는 경우가 많았다. 하지만 오랫동안 나는 굉장히 순종적이어서 토를 달지 않았다. 마침내 정확히 어떻게 부르라고 지시를 받는 괴로움이 극에 달했다. 1972년 내가 열네 살 때였고,《룩킹 쓰루 더 윈도우스Lookin' Through the Windows》란 곡을 만들 즈음이었다. 프로듀서들이 원하는 가창 방식을 난 틀렸다고 생각했다. 몇 살이든 곡을 알고 제대로 부르면 사람들은 잘 들어줄 것이다. 난 프로듀서들에게 화가 나고 무척 속상했다. 그래서 베리 고디에게 전화해서 불평했다. 늘 어떻게 노래하라고 지시를 받으면 난 늘 따랐지만, 그들이 점점 기계적으로 되어간다고 말했다.

그러자 고디가 녹음실로 들어오더니, 프로듀서들에게 내가 원하는 대로 하게 두라고 지시했다. 나한테 더 자유를 주라고 말했던 것 같다. 이후 난 새로운 가창법을 많이 가미했고 결국 그들도 좋아했다. 가사를 비틀거나 약간의 맛을 더해서 애드립을 많이 했다.

베리는 녹음실에 올 때마다 딱 맞는 점을 가미했다. 그는 녹음실들을 드나들면서 색다른 작업들을 확인했고, 음반을 더 좋게 만들 요소들을 덧붙였다. 월트 디즈니Walt Disney도 같은 일을 하곤 했다. 그는 휘하의 아티스트들을 찾아다니면서 "흠, 이 캐릭터는 더 활달해야겠는걸"이라고 말하곤 했다. 녹음실에서 내 방식을 베리가 좋아하는지 아닌지 나는 금방 구분할 수 있었다. 그는 흡족하면 볼 안쪽에서 혀를 돌리는 습관이 있었다. 상황이 아주 마음에 들면 그는 전직 프로 복서처럼 허공에 주먹을 날리곤 했다.

그 시절 내 애창곡은《네버 캔 세이 굿 바이Never Can Say Goodbye》《아윌 비 데어》《에이비씨》였다. 처음에《에이비씨》를 들은 순간을 잊을 수 없다. 정말 좋은 곡이라고 생각했다. 얼른 노래하고 싶고, 녹음실에 들어가서 진짜 우리 곡으로 만들고 싶은 마음이 굴뚝같았다.

여전히 매일 연습하고 열심히 작업했지만 거기 있는 것만으로 감사했다. 정말 많은 스텝이 우리를 위해 고생했고, 우리의 각오가 단단해서 어떤 일이든 벌어질 수 있을 것 같았다.

《아이 원트 유 백》이 나오자, 모타운 사람들 모두 우리의 성공에 대

April 29, 1971
No. 81
50¢ UK 15 NP

ROLLING STONE

**Why
does this
eleven year-old
stay up past his
bedtime?**

Michael
Jackson and
his six gold records

The Murder of
Ruben Salazar
by Hunter S. Thompson

비했다. 다이애나는 곡이 마음에 들자 우리를 유명한 할리우드 디스코텍에 세웠고, 베리의 집에서 부르듯 편안한 파티 분위기로 연주하게 했다. 다이애나의 행사 직후에 《미스 블랙 아메리카Miss Black America》 텔레비전 방송의 초청이 왔다. 쇼에 출연하면 세상에 음반과 우리 쇼를 미리 선보일 수 있었다. 전에 초대받았을 때, 모타운의 전화 때문에 뉴욕의 첫 TV 출연이 무산되어 실망했던 기억이 났다. 이제 첫 티브이 쇼에 나가고 우린 모타운 소속이었다. 모든 게 잘 풀렸다. 다이애나가 정점을 찍어주었다. 그녀는 토요일 밤 대형 쇼 《더 할리우드 팰리스The Hollywood Palace》에 출연할 예정이었다. 그녀로서는 슈프림스로서의 마지막 출연이었고 우리에게는 주요 프로그램의 첫 등장을 의미했다. 이것은 모타운에게 큰 일이었다. 그 무렵 우리 새 앨범의 타이틀이 《다이애나 로스가 잭슨 5를 소개합니다Diana Ross Presents the Jackson 5》로 정해졌기 때문이었다. 이전에 다이애나 같은 슈퍼스타가 아이들 그룹을 챙긴 경우는 없었다. 모타운, 다이애나, 인디애나 주 게리에서 온 아이 다섯은 모두 흥분했다. 그 즈음 《아이 원트 유 백》이 나왔고 또 한 번 베리가 옳았음이 증명되었다. 슬라이Sly와 비틀스의 곡을 내보내는 방송국들 모두 우리 곡도 틀었다.

앞에서 말했듯이 앨범 작업은 싱글처럼 공들이지 않았지만, 다양한 종류의 곡들을 ─ 재능 대회에서 연주하던 미러클스의 오래된 곡 《후스 러빙 유》부터 《집어디두다Zip-A-Dee-Doo-Dah》까지 시도하는 재미 또한 쏠쏠했다.

이 무렵까지 마이크는 내 손의 일부가 되어버렸다.

어린이, 십대, 성인들과 같은 폭넓은 청중을 위한 인기 있는 곡들을 그 앨범에 담았고, 그게 큰 성공 요인으로 느껴졌다.《더 할리우드 팰리스》의 방청객은 세련된 할리우드 사람들이란 걸 알고 우린 걱정했다. 하지만 첫 소절부터 휘어잡았다. 한쪽에 오케스트라가 있었고 나는 라이브로 연주되는《아이 원트 유 백》을 처음으로 들었다. 앨범에 들어갈 현악기 연주를 녹음하는 현장을 보지 못했었다. 그 쇼를 하면서 왕이 된 기분이었다. 게리에서 시 전체 경연대회에서 우승했을 때랑 비슷했다.

이제 남의 히트곡에 의지해 청중을 사로잡는 게 아니니, 우리에게 맞는 선곡이 진짜 큰 난관이었다. 코퍼레이션과 할 데이비스는 프로듀싱뿐 아니라 우리를 위해 곡을 쓰기도 했다. 베리는 다시 구원 등판해주려 하지 않았다. 그래서 첫 싱글들이 차트에서 1위를 한 후에도 우린 후속곡 때문에 분주했다.

《아이 원트 유 백》은 성인 가수가 불렀을 수도 있겠지만,《에이비씨》와《더 러브 유 세이브The Love Your Save》는 어린 목소리에 어울리게 작곡되었고, 나뿐 아니라 저메인의 가창 부분이 있었다. 무대에서 가수들이 돌아가면서 노래하는 그룹《슬라이 앤 더 패밀리 스톤》식 음악이었다. 코퍼레이션은 댄스가 들어가는 곡들도 썼다. 우리가 무대에서 하는 댄스뿐 아니라 팬들이 파티에서 밟는 스텝까지 염두에 두었다. 가사 때문에 혀가 잘 안 돌아가서 저메인과 내가 나눠 불렀다.

그 음반들은《아이 원트 유 백》이 아니었으면 나오지 못했을 것이다. 우린 그 기반이 되는 곡에서 아이디어를 더하고 빼서 편곡했지만, 대중은 우리가 하는 모든 걸 원하는 것 같았다. 나중에 그런 맥락의 음반 두 개를 더 만들었다. 《마마스 펄Mama's Pearl》과 《슈가 대디Sugar Daddy》는 학교에 다니던 시절을 연상시켰다.

"내가 너한테 사탕을 주는데 네 사랑은 그가 다 차지하지!While I'm giving you the candy, he's getting all your love!"

새 아이디어를 더해서 저메인과 내가 하모니를 이루었고, 무대에서 둘이 하나의 마이크로 화음 부분을 부를 때마다 열렬한 반응이 쏟아졌다.

우리보다 좋은 출발을 한 그룹이 없었다는 말을 듣는다. 누구도.

《아이 윌 비 데어》는 진짜 획기적인 곡이었고, 우리는 여기 남을 수 있다고 자신있게 말할 수 있는 곡이었다. 5주간 1위였고 흔치 않은 일이다. 한 곡이 오래 수위를 기록했고, 내가 가장 아끼는 곡이기도 하다. 가사가 정말 마음에 들었다.

"너와 나는 약속해야 해. 우리는 다시 구원을 불러와야 해······.You and I must make a pact, we must bring salvation back······."

윌리 허치Willie Hutch와 베리 고디는 그런 가사를 쓰는 작사가들이 못마땅한 눈치였다. 그들은 녹음실 밖에서 늘 우리에게 농담을 던졌다. 하지만 난 데모 부분을 듣는 순간 이 곡에 반했다. 음반의 시작 부분이 연주되기 전까지 난 합시코드harpsichord가 뭔지도 몰랐다. 이 곡은 할 데이비스의 천재성 덕분에 프로듀스 되었다. 내 다른 반쪽인 수지

이케다Suzy Ikeda의 도움도 컸다. 그녀는 노래마다 내 곁에 서서, 감정과 분위기와 진심을 제대로 싣도록 도와주었다. 진지한 노래였지만, 내가 "어깨 너머를 쳐다봐, 허니!Just look over your shoulder, honey!"라고 부르는 부분은 정말 재미있었다. 허니가 없으면 포 탑스Four Tops의 명곡《리치 아웃, 아이 윌 비 데어Reach Out, I'll Be There》와 다를 게 없었다. 그래서 우린 점점 모타운의 미래뿐 아니라 역사의 일부가 되어가는 듯 했다.

활발한 곡은 내가, 발라드는 저메인이 부르는 게 애초 계획이었다. 하지만 열일곱 살인 저메인의 목소리가 더 성숙하긴 해도, 발라드는 내가 좋아하는 장르였다. 아직 내 스타일은 아니었지만 말이다. 네 번 연속 1위를 차지한 우리 곡이자, 많은 사람들이 히트 곡들만큼 좋아한 저메인의 노래《아이 파운드 댓 걸I Found That Girl》이 더더욱 그랬다. 이 곡은《더 러브 유 세이브》음반의 B면 수록곡이었다.

그 곡들을 댄스가 충분히 들어가는 긴 메들리로 만들어서, 티브이 쇼에서 연주할 때마다 불렀다. 예를 들어《디 에드 설리번 쇼》에서 메들리 곡을 세 차례 연주했다. 당시 모타운은 인터뷰에서 답변할 말을 일러주었지만, 설리번 씨는 우리가 경계를 풀고 편안하게 느끼게 만드는 사람이었다. 되돌아보건대 모타운이 우리를 속박하거나 로봇으로 만들었다고 말하지는 않겠다. 물론 그러려고 했어도 내가 그렇게 되지 않았겠지만. 난 자녀가 있다면 무슨 말을 하라고 지시하지 않을 것이다. 모타운은 우리와 경험한 적 없는 일을 했다. 하긴 그런 상황에서 뭐가 옳은 방식인지 누가 알까?

기자들은 온갖 질문 공세를 했고, 모타운 직원이 옆에서 대답을 돕거나 필요하면 질문들을 모니터링했다. 우린 그들을 당황하게 만들 일을 저지를 엄두가 나지 않았다. 회사는 우리가 과격한 발언을 할 가능성을 염려했던 것 같다. 그렇게 말하는 사람이 많던 시절이었으니까. 아마 우리에게 아프로 머리를 시켜놓고 프랑켄슈타인을 만든 건 아닌지 걱정했겠지. 한 번은 기자가 블랙 파워[6]에 대해 질문하자 모타운 직원이 나서서 우린 《상업적인 상품commercial product》이라서 그런 생각은 하지 않는다고 답했다. 이상한 말이었지만, 우리가 기자들과 헤어지면서 윙크하고 파워 살루트[7]를 하자 기자는 감동한 눈치였다.

35년간 계속된 뮤직버라이어티쇼인 《소울 트레인 쇼Soul Train Show》에서 돈 코르넬리우스Don Cornelius와 재회했다. 우리가 시카고에서 공연하던 시절, 코르넬리우스는 그 지역의 디스크자키여서 그때부터 서로 알았다. 우리는 그의 쇼를 보는 게 좋았고, 같은 고향 출신의 댄서들에게 아이디어를 얻었다.

대대적인 《잭슨 5》 투어는 음반들이 성공한 직후 시작되었다. 1970년 가을 대형 아레나 투어로 시작해서, 《매디슨 스퀘어 가든Madison

6 **Black power.** 미국의 흑인 해방 운동이 내건 슬로건. 옮긴이 주.
7 **Power salute.** 1968년 멕시코 올림픽에서 흑인 선수들이 차별에 항의하는 의미로 시상대에서 고개를 숙이고 흑인을 상징하는 검은 장갑을 낀 주먹을 든 사건. 옮긴이 주.

Square Garden》,《로스 앤젤레스 포럼Los Angeles Forum》 같은 대형 홀에서 연주했다. 1971년《네버 캔 세이 굿바이Never Can Say Goodbye》가 대히트하자, 그 해 여름 45개 도시에서 연주했고, 그 해 후반에 50개 도시를 더 돌았다.

그 시절을 형들과 무척 가까웠던 시기로 기억한다. 늘 서로에게 성실하고 정이 많은 그룹이었다. 함께 놀리고 빈둥대고, 같이 일하는 스텝들에게 심한 장난질을 했다. 아주 난폭하진 않았다. 말하자면 호텔 객실의 창 밖으로 텔레비전을 던지지는 않았으니까. 하지만 물벼락을 맞은 사람은 많았다. 도로에서 오래 이동할 때는 권태감을 이기려고 애썼다. 투어 중 지루하면 기분전환을 위해 무슨 짓이든 하게 된다. 우린 호텔방에서 북적댔다. 밖에 소리를 지르는 여자 팬들 때문에 아무 데도 가지 못해서, 우린 재미있는 짓을 하고 싶었다. 우리의 행동을, 특히 망나니짓들을 녹화했으면 좋을 텐데. 우리는 경호 매니저인 빌 브레이Bill Bray가 잠들 때까지 기다렸다. 그런 다음 복도를 미친 듯이 질주하고 베개 싸움을 하고, 레슬링을 하고 쉐이빙 크림 전쟁을 했다. 미치광이가 따로 없었다. 물풍선과 종이봉지를 호텔 발코니에서 떨어뜨리고 터지는 걸 구경했다. 그러고는 숨이 넘어가게 웃었다. 서로 물건을 던지고, 몇 시간씩 전화기를 붙들고 장난 전화를 걸고 남의 객실에 엄청난 양의 룸서비스 식사를 주문했다. 누가 우리 방에 들어오든, 문 위에 올린 물 양동이가 쏟아져 물벼락을 맞았다.

새로운 도시에 도착하면 최대한 관광을 하려고 애썼다. 투어에는 훌륭한 가정교사인 로즈 파인Rose Fine이 동행했다. 그녀는 많은 것을 가르쳐주고 공부시켰다. 오늘날까지 내가 책과 문학을 사랑하게 해준 사람은 로즈였다. 나는 손에 닿는 것은 다 읽었다. 새 도시는 새 쇼핑 장소를 뜻했다. 우린 쇼핑을 좋아했고 특히 서점과 백화점을 좋아했다. 하지만 유명해지면서 팬들 때문에 간단한 쇼핑 나들이도 완전히 변했다. 그 시절 히스테릭한 여자들에게 둘러싸이는 게 가장 오싹한 일이었다. 다들 대단했다. 어떤 물건이 있는지 보려고 백화점에 뛰어들어가면, 팬들은 우리가 거기 있는 걸 알고 그곳을 초토화시켰다. 아주 무너뜨려버렸다. 카운터가 주저앉고 유리가 깨지고, 금전등록기가 뒤집어졌다. 간단히 옷 구경 좀 하려던 것뿐인데! 군중이 흩어져도 광기와 추종과 악명은 우리가 감당할 수 없게 되었다. 그런 광경을 목격한 적이 없다면 상상조차 못할 것이다. 그 여자 팬들은 대단했다. 지금도 그렇다. 그들은 사랑 때문에 하는 일이므로 상대가 다칠 수 있다는 걸 모른다. 선의를 가졌어도 인파가 몰리면 다칠 수 있다고 분명히 말할 수 있다. 질색하거나 몸이 찢어질 것 같은 느낌이다. 천 개의 손이 나를 움켜잡는다. 어떤 사람은 손목을 이쪽으로 비틀고 다른 사람은 손목시계를 벗긴다. 머리를 잡고 마구 당기면 불이 붙은 것처럼 아프다. 뭔가에 부딪쳐 넘어지면서 찰과상을 입는다. 지금도 내 몸에 흉터들이 남았고, 어느 도시에서 생겼는지 일일이 기억할 수 있다. 극장, 호텔, 공항 밖에서 몰려든 인파를 뚫고 뛰어가는 방법을 일찌감치 터득했다. 손으로 눈을 가리는 걸 잊지 말아야 된다. 여자 팬들은 감정이

고조되면 손톱이 긴 걸 잊고 휘젓는다. 팬들의 선의를 알고 그들의 열렬한 호응과 지지를 사랑한다. 하지만 군중이 운집한 상황은 두렵다.

내가 목격한 가장 격렬한 군중 장면은 처음 영국에 갔을 때였다. 대서양 상공을 날 때 조종사가, 히드로 공항에서 청소년 만 명이 우리를 기다린다는 소식이 들어왔다고 알려주었다. 믿을 수가 없었다. 신났지만, 방향을 돌려 미국으로 돌아갈 수 있었다면 그랬을 것이다. 대단한 일이 벌어질 줄 알면서도 회항할 연료가 부족하니 계속 날아갔다. 착륙하니 팬들이 문자 그대로 공항이 인산인해였다. 그날 우리 형제들이 살아서 공항을 빠져나온 것은 행운이었다.

그 시절 형제들과 나눈 추억은 그 무엇과도 바꾸지 않을 것이다. 가끔 그때를 되살릴 수 있으면 좋겠다고 생각한다. 우리는 일곱 난장이들 같았다. 각자 다르고 개성이 강했던 것이다. 잭키는 운동선수이고 전사였다. 티토는 강하고 인정 많은 아버지 같은 인물이었다. 그는 자동차에 매료되어 조립하고 분해하기를 좋아했다. 저메인은 성장기에 나와 가장 친한 형제였다. 그는 웃기고 느긋했고 계속 장난을 했다. 늘 물 양동이를 호텔 객실 문에 올린 사람은 저메인이었다. 말론은 그때나 지금이나 내가 아는 가장 단호한 사람이다. 그 역시 농담을 잘하고 장난꾸러기였다. 초창기에 늘 곤란을 겪은 사람은 말론이었다. 스텝을 틀리거나 한 소절을 놓쳤지만 나중에는 그런 일이 없었다.

형제들의 다양한 성격과 친밀감은, 투어가 계속되는 힘든 시절에 우리가 버티는 자양분이 되었다. 모두가 모두를 도왔다. 잭키와 티토는 장난이 심해지는 걸 막았다. 둘이 우리를 통제하는 것 같으면 저메인과 말론이 소리치곤 했다.

"한 번 놀아보자!"

정말이지 모든 게 그렇다. 초창기 우리는 늘 함께였다. 놀이공원이나 승마나 극장에 같이 갔다. 무슨 일이든 같이 했다. 누군가 "난 수영하러 가야지"라고 말하면 다같이 "나도!"라고 외쳤다.

형들과 떨어져 지내기 시작한 것은 훨씬 뒤, 그들이 결혼하면서였다. 각자 아내가 가장 가까운 사람이 되고 가정이 생기면서 변화가 생겼고 이해되는 일이었다. 마음 한 켠으로는 예전 그대로이길, 그리고 단짝 친구이기도 한 형제들과 함께이길 바랐지만, 변화는 피할 수 없었고 이런저런 면에서는 좋은 점도 있었다. 우린 늘 같이 있는 걸 좋아했고 함께 하면 여전히 재미있는 시간을 보낸다. 하지만 각자 선택한 다양한 길들은 예전처럼 같이 지내는 즐거움을 맛볼 자유를 허락하지 않는다.

그 시절《잭슨 5》투어 때는 늘 저메인과 방을 썼다. 무대 위에서도 밖에서도 친했고, 공통 관심사가 많았다. 저메인은 다가오는 여자애들에게 가장 관심을 갖는 형제여서, 나와 둘이 순회공연 중 장난을 하곤 했다.

아버지는 일찍부터 다른 형제들보다 우리를 감시해야 된다고 결정한 듯 했다. 그는 주로 우리 옆 객실을 썼고, 그것은 연결된 문으로 언제든 감시하러 들어올 수 있다는 뜻이었다. 난 이렇게 객실을 쓰는 걸 질색했다. 아버지가 장난을 감시할 수 있을 뿐 아니라, 우리에게 비열하기 짝이 없는 짓을 벌이곤 했기 때문이었다. 저메인과 내가 공연 후 곯아떨어지면, 아버지는 한 무리의 여자애들을 방에 데려왔다. 깨보면 여자들이 거기 서서 우리를 보며 키득댔다.

쇼 비즈니스와 커리어는 내 인생이었으므로, 십대 시절 감당해야 했던 가장 큰 개인적인 고민은 녹음실이나 무대 공연과 상관없었다. 그 시절 최대 고민은 내 거울 속에 있었다. 유명인의 정체성만큼이나 개인의 정체성이 중요했다.

열네 살이 되자 외모가 급격히 변하기 시작했다. 키가 많이 자랐다. 나를 모르는 사람들은 귀여운 꼬마 마이클 잭슨을 소개받으리라 기대하고 방에 들어오기 때문에 내 앞을 지나쳤다. 내가 "제가 마이클인데요"라고 말하면 사람들은 의심스런 표정을 지었다. 마이클은 귀여운 꼬맹이인데, 난 키 175센티미터의 호리호리한 청소년이었다. 그들이 기대하거나 심지어 보고 싶은 사람은 내가 아니었다. 사춘기가 힘든 시기기도 하지만, 신체 변화로 불안정한 시기를 보내는 와중에 타인들에게 부정적인 반응을 받는다고 상상해보라. 그들은 내가 변할 수 있다는 데 놀란 듯 했다. 내 몸의 변화는 누구나 겪는 자연스러운 일이었는데도.

힘들었다. 다들 오랫동안 나를 귀여워했지만, 다른 변화들과 함께 얼굴에 여드름이 심하게 돋았다. 어느 아침 거울을 봤는데 "앗, 이게 뭐야!"라고 놀랄 수 밖에 없었다. 모든 유선에 여드름이 솟은 것 같았다. 신경을 쓸수록 더 심해졌다. 그 때는 몰랐지만 기름진 음식을 섭취해서 여드름이 심해졌다.

이런 피부 상태는 무의식적으로 상처를 만들었다. 나는 무척 수줍어졌고 피부가 나빠서 사람들을 만나면 당황스러웠다. 거울을 들여다볼수록 여드름이 더 심해지는 듯 했다. 외모 때문에 주눅 들기 시작했다. 그래서 여드름이 사람에게 지독한 영향을 미칠 수 있다는 걸 안다. 내게 너무나 악영향을 주어서 성격이 통째로 망가졌다. 사람들과 대화할 때 똑바로 쳐다보지 못했다. 자부심을 가질 게 없다고 느꼈고 심지어 외출도 꺼렸다. 아무 것도 하고 싶지 않았다.

말론 형은 여드름투성이였지만 신경 쓰지 않았다. 하지만 나는 누구도 만나기 싫었고 누가 이런 내 피부를 쳐다보는 게 싫었다. 무엇이 사람을 그렇게 만드는지, 형제가 왜 그다지도 다를 수 있는지 궁금해진다.

그래도 자랑할 만한 히트 음반들이 있었고, 일단 무대에 서면 다른 생각은 하지 않았다. 모든 걱정이 사라졌다.

하지만 무대에서 내려오면 다시 거울 속의 얼굴을 마주해야 했다.

결국 사정이 변했다. 나는 상황을 다르게 느끼기 시작했다. 사고방식을 바꾸는 법을 배웠고, 자신을 더 좋게 느껴야 된다는 걸 알았다. 가장 중요한 것은 식습관의 변화였다. 그게 열쇠였다.

1971년 가을, 첫 솔로 음반 《갓 투 비 데어Got to Be There》를 냈다. 놀라운 솜씨가 발휘된 음반이고 내가 아끼는 음반이 되었다. 내 솔로 음

빌 코스비는 사랑과 야구의 룰을 우리에게 가르쳐주었다.

반은 베리 고디의 아이디어였고, 나는 처음으로 모타운 그룹을 떠난 사람들의 일원이 되었다. 베리는 내가 앨범을 녹음해야 된다는 말도 했다. 몇 해 후 음반을 발표하면서 난 그가 옳았다는 걸 알았다.

그 시기에 가벼운 갈등이 있었다. 어린 가수로서 의례히 겪는 갈등이었다. 어린 사람이 아이디어를 내면, 사람들은 그저 유치하고 어리석다고 치부한다. 1972년은 투어 중이었고, 그 해에 《갓 투 비 데어》가 대히트를 기록했다. 어느 날 밤 나는 음반 매니저에게 말했다.

"내가 그 곡을 부르기 전에 무대에서 벗어나, 음반 표지 사진에서 쓴 작은 모자를 쓰게 해줘요. 그 모자를 쓴 내 모습에 청중이 열광할 거예요."

매니저는 그런 어처구니없는 말은 처음 듣는다고 생각했다. 결국 나는 모자 착용을 허락받지 못했다. 내가 어려서 그들이 멍청한 아이디어로 무시해서였다. 그 일이 있고 얼마 후 도니 오스몬드Donny Osmond가 비슷한 모자를 쓰고 전국을 돌기 시작했고 사람들이 환호했다. 나는 내 감각이 만족스러웠다. 먹힐 줄 알았다니까! 마빈 게이Marvin Gaye가 모자를 쓰고 《렛츠 겟 잇 온Let's Get It On》을 부르는 모습을 봤다. 사람들은 마빈이 그 모자를 쓰면 어떤 일이 벌어질지 알았다. 그게 흥분을 더했고 청중과 의사소통이 되어 쇼에 더 참여하게 했다.

1971년 텔레비전에서 《잭슨 파이브》 토요일 아침 만화 쇼가 방송되기 시작할 무렵, 난 이미 영화와 애니메이션 팬이었다. 다이애나 로스는 그림 그리기를 가르쳐주면서 내 애니메이션 취향을 끌어냈다.

하지만 만화 캐릭터가 되니, 영화와 월트 디즈니가 선도한 만화 영화에 완전히 빠졌다. 나는 디즈니와 그가 재능 있는 아티스트들의 협력으로 이룬 성과의 열렬한 팬이다. 그와 디즈니가 전 세계의 수백 만 어린이들에게 또는 어른에게도 안겨준 즐거움을 떠올리면 경외감에 빠진다.

만화 인물이 되는 게 좋다. 얼마나 즐거웠는지 토요일 아침이면 만화를 보려고 벌떡 일어나, 화면에 나오는 우리를 볼 기대에 들떴다. 모두에게 환상이 이루어진 것 같았다.

영화와 첫 인연을 맺은 것은 1972년 영화 《벤Ben》의 주제가를 부르면서였다.

《벤》은 내게 여러 의미가 있었다. 내 목소리를 필름에 담으러 녹음실에 가는 길은 어느 때보다도 신났다. 멋진 시간을 가졌고, 나중에 영화가 나오자 극장에 가서 마지막에 마이클 잭슨이 부른 《벤》이라는 크레딧이 올라갈 때까지 기다리곤 했다. 굉장히 감격스러웠다. 노래도 좋고 스토리도 좋았다. 사실 스토리는 《이티E.T.》와 비슷했다. 쥐와 친구가 되는 소년의 이야기였다. 소년이 이 작은 동물을 사랑하는 마음을 사람들은 이해 못했다. 소년은 어떤 병으로 죽어갔고, 그 도시의 쥐들의 대장인 벤 만이 유일하고도 진정한 친구였다. 영화가 좀 이상하다는 평도 많았지만 내 생각은 달랐다. 주제가는 1위에 올랐고 지금도 아끼는 곡이다. 난 늘 동물을 사랑했고 동물에 관련된 글을 좋아했다. 동물이 나오는 영화도 즐겨봤다.

105

제3장

댄싱 머신

미디어는 늘 나에 대해 이상한 기사를 쓴다. 진실을 왜곡하는 게 싫다. 평소 인쇄물은 읽지 않는다. 기사에 대해 자주 듣긴 하지만.

왜 사람들이 내 이야기를 꾸미려 드는지 모르겠다. 헐뜯을 기사거리가 없으면 흥미로운 상황을 만들 필요가 있는 모양이다. 모든 걸 고려할 때 나는 꽤 잘 됐다고 생각하고 작은 자부심을 느낀다. 연예계에는 마약에 손대고 자신을 망치는 것으로 끝난 어린이 스타들이 많다. 프랭키 라이몬Frankie Lymon, 바비 드리스콜Bobbie Driscoll 등 많은 어린이 스타들이 그랬다. 어린 나이에 엄청난 압박감에 짓눌린 걸 고려하면 그들이 마약에 의존한 것도 이해가 된다. 극소수가 겉으로나마 정상적인 유년기를 보낸다.

나는 마약에 손댄 적이 없다. 마리화나도, 코카인도, 다른 마약류 등등 이런 것들은 시도해보지 않았다.

천만의 말씀.

유혹받은 적도 없다는 말은 아니다. 우린 마약이 흔하던 시기에 활동한 뮤지션이었다. 남을 심판하려는 건 아니지만, 물론 그걸 도덕적인 문제로 보지도 않는다. 다만 마약이 너무 많은 인생을 망치는 걸 봤기 때문에, 손댈만한 일로 생각할 수가 없다. 내가 천사란 말은 아니고, 나름대로 나쁜 습관이 많아도 거기에 마약은 없다.

《벤》이 나온 즈음 우리는 세계를 돌게 되리란 걸 알았다. 미국식 소울 뮤직이 청바지와 햄버거처럼 다른 나라에서도 인기를 얻었다. 우린 그 넓은 세상의 일부가 되라는 초대장을 받았고, 1972년 영국 방문으로 첫 해외 투어를 시작했다. 영국에 가본 적 없고 영국 텔레비전에 출연한 적도 없었지만, 사람들은 우리 노래의 가사를 다 알았다. 심지어 우리 사진과 큰 글자로 《잭슨 5》라고 인쇄한 넓은 목도리도 갖고 있었다. 공연장은 미국에서 연주하던 곳들보다 작았지만, 한 곡이 끝날 때마다 청중의 열기는 만족스러웠다. 미국 청중과는 달리 노래 중간에 소리를 지르지 않아서 다들 티토의 기타 연주를 들을 수 있었고 그가 얼마나 잘 하는지를 보여줄 수 있었다.

랜디를 데려갔다. 우린 랜디가 어떻게 무대가 진행되는지 알고 경험하게 하고 싶었다. 랜디는 공식적으로 멤버는 아니었지만 봉고를 들고 뒤쪽에 자리 잡았다. 랜디가 《잭슨 5》 의상을 입어서 우리가 소개할 때 청중이 환호했다. 다음에 다시 갔을 때 랜디는 정식 멤버가 될 터였다. 랜디 전에는 내가 봉고 연주자였고, 그 전에는 말론이었다. 그러니 신입 멤버가 그 작은 북을 치는 것은 거의 전통이었다.

3년 동안 히트를 한 후 첫 유럽 투어를 시작했다. 그래서 우리 음악과 영국 여왕을 좋아하는 어린 팬들을 즐겁게 해주기에 충분했다. 우린 《로열 코맨드 퍼포먼스》[8]에서 여왕을 알현했다. 흥분되는 일이었다. 비틀스 같은 그룹들의 사진은 본적이 있었지만, 영국 여왕을 위해 공연할 기회를 얻을 줄은 상상도 못했다.

영국은 우리의 도약대였고, 전에 가본 어느 곳과도 달랐다. 멀리 가면 갈수록 세상이 더 이국적으로 보였다. 파리의 웅장한 박물관들과 스위스의 아름다운 산을 보았다. 유럽은 서구 문화의 뿌리를 교육하는 현장이었고, 어찌 보면 더 정신적인 동양 나라들을 방문하기 위한 준비였다. 난 동양에서 물질보다 동물과 자연을 중시하는 데 깊은 감동을 받았다. 예를 들어 중국과 일본은 내가 성장하도록 도와준 나라들이다. 거기서 삶 속에는 손으로 쥐거나 눈으로 볼 수 있는 것들보다 중요한 것들이 있음을 배웠으니까. 또 이런 나라들에서도 우리 음악을 듣고 좋아해주었다.

다음에 찾아간 오스트레일리아와 뉴질랜드는 영어권이지만, 아직도 오지에서 부족 생활을 하는 이들을 만났다. 그들은 영어를 말하지 않아도 우리를 형제처럼 맞아주었다. 모든 인간이 형제라는 증거가

---

8 **Royal Command Performance.** 영국 왕실이 함께 하는 크리스마스 공연으로 세계적인 가수, 코미디언, 댄서, 웨스트엔드 공연 팀이 갈라 콘서트 형식으로 진행. 옮긴이 주.

필요하다면, 그 투어에서 확실히 느꼈다.

그 다음이 아프리카였다. 가정교사 파인 선생님 덕분에 아프리카에 관련된 글을 많이 읽었다. 그녀는 방문하는 각 나라의 관습과 역사에 대해 특별 수업을 했다. 아프리카의 유난히 아름다운 지역을 보지는 못했지만, 방문한 해변 주변의 넓은 바다와 해변과 주민들은 믿기 힘들만치 아름다웠다. 어느 날 수렵금지 구역에 가서 야생에서 돌아다니는 동물들을 구경했다. 음악 역시 경이로웠다. 리듬이 놀라웠다. 처음 비행기에서 내릴 때는 동틀 무렵이었는데, 원주민 복장을 한 사람들이 길게 늘어서서 북과 쉐이커를 들고 춤을 추었다. 그들은 빙빙 돌면서 우리를 환영했다. 정말 몰두해서 춤을 추었다. 정말이지 대단했다. 아프리카에 온 우리를 환영하는 완벽한 방법이었다. 절대 잊지 못할 경험이다.

장터의 공예가들도 입이 벌어질 정도였다. 그들은 우리가 구경하는 가운데, 공예품을 만들면서 다른 물건을 팔기도 했다. 예쁜 목각을 하던 사람이 기억난다. 그가 뭘 갖고 싶으냐고 물으면 손님은 "사람 얼굴"이라고 대답한다. 그러면 그는 나무 한 토막을 꺼내 잘라내서 놀라운 얼굴을 조각한다. 우린 눈앞에서 조각되는 과정을 볼 수 있었다. 난 그저 거기 앉아서 구경했다. 사람들이 다가와 뭔가 만들어달라고 청하면 공예가는 조각해주기를 반복했다.

우리가 얼마나 행운아인지 깨달은 것은 세네갈 방문 때였다. 아프리카 혈통이 지금의 우리가 되는 데 도움이 된 걸 알았다. 고어 섬Gore Island

이런 공연은 우리의 인생에서 최고의 영예중의 하나가 되었다.

의 오래 전 버려진 노예 캠프를 방문했다. 아프리카인들이 준 용기와 인내라는 선물에 다 보답하지 못할 것이다.

모타운은 할 수만 있다면 우리를 그 나이에 머물게 했을 것이다. 그룹이 대서특필된 시절에서 잭키의 나이가 멈추고 나머지도 그러길 바랐겠지. 아니, 나는 한 살쯤 어려서 여전히 어린이 스타이길 원했을 테고. 터무니없는 말 같지만, 사실 회사는 우리 스스로 방향성과 아이디어를 가진 진짜 그룹이 되지 못하게 몰아갔다. 우린 성장했고 독창적으로 변해갔다. 시도하고 싶은 아이디어가 무척 많았지만, 모타운은 성공 공식에 도전하면 안 된다고 믿었다. 그래도 세간의 예상을 뒤집고 내 목소리가 변하자마자 《잭슨 5》를 버리는 일은 하지 않았다.

어느 시점이 되자 바깥보다 녹음 부스 안이 더 북적댔다. 모두 서로 부딪치면서 우리 음악에 훈수를 두고 모니터링 했다.

골수팬들은 《아이 앰 러브I Am Love》와 《스카이라이터Skywriter》같은 음반들도 계속 사랑해주었다. 세련된 현악기 편곡이 들어간 음악적으로 야심찬 팝들이었다. 하지만 우리에게 맞는 노래들은 아니었다. 평생 《에이비씨》만 부를 수는 없었고 또 그걸 원하는 바도 아니었지만 더 나이 많은 팬들조차 그 곡이 우리에게 더 어울린다고 느꼈고 이 역시 우리가 안고 가야 될 짐이었다. 1970년대 중반, 《잭슨 5》는 가장 오래된 그룹이 될 위험이 있었고, 당시 나는 열여덟 살도 채 되지 않았다.

저메인이 고디 사장의 딸 헤이즐 고디Hazel Gordy와 결혼하자, 사람들은 눈을 찡긋하면서 영원히 총애 받겠다고 말했다. 사실 1973년《겟 잇 투게더Get It Together》가 나올 때, 베리는《아이 원트 유 백》처럼 손봐 주었다. 2년 사이에 가장 히트한 곡이었다. 첫 히트곡인 어린 아이에 게 뼈 이식을 했다고 비유할까. 그럼에도《겟 잇 투게더》는 멋진 낮 은 화음, 날카로운 전자기타, 현악기 소리가 반딧불처럼 웅웅대는 곡 이었다. 라디오 방송국들은 선호했지만, 디스코라는 신종 댄스 클럽 들의 분위기로는 비교가 되지 않았다. 모타운은 여기 착안해서, 코퍼 레이션 시절의 할 데이비스를 다시 영입해《댄싱 머신Dancing Machine》에 활력을 넣었다.《잭슨 5》는 이제《101 스트링스101 Strings》같은 연주자 들의 들러리 그룹이 아니었다.

모타운의 초창기에는 좋은 뮤지션들이 볼링장 공연을 해서 세션 비용을 충당했다. 오래 전의 일이었다. 이제《댄싱 머신》에 새로운 기 교가 도입되었다. 최고의 호른 파트와 간주 부분에 신디사이저 음으 로 된 재미난 부분이 삽입되었다. 그것은 유행에 뒤떨어지지 않게 해 주었다. 디스코 음악을 폄하하는 이들도 있었지만, 우리에게는 어른 세계로 들어가는 통과의례로 보였다.

나는《댄싱 머신》이 마음에 들었다. 그루브와 노래의 느낌이 좋았 다. 1974년에 곡이 나오자, 난 노래를 돋보이게 하고 더 신나는 공연 으로 만들 댄스를 찾기로 마음먹었다. 말하자면, 더 화끈해 보이게 하 고 싶었다.

그래서《소울 트레인》에 출연해《댄싱 머신》을 노래하면서, 난 로

봇이라는 스트릿 스타일의 댄스를 했다. 이 공연은 내게 텔레비전의 힘을 가르쳐주었다. 밤새 《댄싱 머신》이 차트 1위에 올랐고, 며칠 내로 미국 전국에서 아이들이 로봇 춤을 추는 것 같았다. 그런 경험은 처음이었다.

모타운과 《잭슨 5》는 한 가지 합의에 이를 수 있었다. 그룹이 성장하면 청중도 그래야 된다는 것. 그래서 두 명을 더 영입했다. 랜디는 이미 같이 투어를 했고 재닛은 노래와 춤 레슨에서 재능을 보였다. 랜디와 재닛에게 예전 노래들을 시킬 수는 없었다. 둥근 구멍에 사각형 못을 박을 순 없으니까. 둘은 천성적으로 쇼비즈니스 기질이 있어서, 우리가 자리를 만들어 자동적으로 그룹에 영입했다고 말하지 않겠다. 둘에게 모욕이 될 테니까. 동생들은 열심히 노력해서 그룹 내에서 자리를 차지했다. 우리와 같이 먹고 놀아서 그룹에 합류한 게 아니었다.

혈통으로 정해진다면 나는 가수보다 중장비 기사가 되었을 것이다. 이런 부분은 따질 수가 없다. 아버지는 우리를 열심히 훈련시켰고 보이는 목표를 설정한 반면 밤에는 꿈꾸게 했다.

디스코가 성인 그룹이 되려는 아이들 그룹에 안 어울릴 것 같았고, 라스베이거스의 쇼 케이스 극장들은 모타운이 우리에게 부여한 가족적인 분위기와 맞지 않았다. 하지만 우린 거기서 똑같이 공연하기로 결정했다. 라스베이거스는 도박 외에는 할 일이 별로 없는 도시였다. 하지만 우린 그곳의 극장들을 게리와 시카고 남쪽 동네의 영업시간이 정해진 대형 클럽으로 생각했다. 여기는 관광객들이 있었지만. 관광객 청중은 우리에게는 큰 장점이었다. 그들은《잭슨 5》의 히트곡들을 다 알았고, 느긋하게 우리의 촌극을 보며 신곡을 들었다. 꼬마 재닛이 여배우인 메이 웨스트Mae West의 의상을 입고 나와 한 두 곡 부를 때, 관객들이 즐거운 표정을 짓는 게 보기 좋았다.

전에도 촌극을 공연한 적이 있었다. 1971년《고잉 백 투 인디애나 Goin' Back to Indiana》라는 스페셜 TV프로그램에 출연해 다같이 게리의 고향집으로 금의환향하는 내용이었다. 고향을 떠난 후 우리 음반들이 전 세계에서 히트했으니까.

다섯 명이 아니라, 게스트들까지 가세해 아홉 명이 촌극을 하니 훨씬 재미있었다. 라인업이 확장된 것은 아버지의 꿈이 이루어진 것이었다. 돌아보면 라스베이거스 쇼는 다시는 얻지 못할 경험이었다. 관객들이 히트곡들만 기대할 뿐 다른 것은 원치 않아서 큰 압박을 받는 콘서트와 달랐다. 우린 다른 팀들이 하는 일을 계속 해야 되는 압박감에서 일시적으로 벗어났다. 나는 새로운 목소리를 끼워 넣기 위해 발라드 한두 곡을 연주했다. 나는 열다섯 살에 이런 일들을 생각해야만 했다.

CBS 방송국 관계자들이 라스베이거스 쇼에 왔고, 다가오는 여름에 버라이어티쇼를 하자고 제안했다. 우리가 모타운 그룹 이상으로 주목받자 무척 흥미롭고 즐거웠다. 시간이 지나면서 이런 관심은 계속 되었다. 라스베이거스 공연에서 창의력을 발휘했기에, 로스앤젤레스에 돌아가자 이전의 녹음과 작곡에 재량권이 없는 생활로 돌아가기가 더 어려웠다. 늘 음악계에서 성장하고 발전하고 싶었다. 그것이 우리의 생업인데 발목을 잡고 있는 느낌이었다. 가끔 아직 베리 고디의 집에 얹혀 사는 것 같이 취급받는 기분이 들었다. 이제 저메인은 그 집 사위가 되었지만 우리의 낙심은 커지기만 했다.

나름의 그룹을 만들어가기 시작할 무렵, 다른 모타운 조직들도 변하는 징후가 있었다. 마빈 게이는 스스로 음악을 맡아서 걸작 앨범 《왓츠 고잉 온What's Goin' On》을 프로듀싱 했다. 스티비 원더는 능숙한 스튜디오 세션들보다 전자 키보드를 더 잘 다루었다. 그들이 조언을 구하러 스티비를 찾아왔을 정도였으니까. 모타운의 마지막 멋진 추억은 스티비 원더와 노래한 일이었다. 그는 논란이 많은 어려운 곡《유해븐트 단 낫씽You Haven't Done Nothin'》의 코러스를 맡은 우리를 이끌었다. 스티비와 마빈은 여전히 모타운 소속이었지만, 자신의 음반을 만들고 심지어 곡을 발표할 권리를 얻으려고 싸웠고 결국에는 이겼다. 모타운은 우리에겐 꿈쩍하지 않았다. 그들의 눈에 아직도 애들이었다. 더 이상 우리를 꾸며주고 보호해주지도 않으면서도.

모타운과 문제가 생기기 시작한 것은 1974년경이었다. 우리는 직접 곡을 쓰고 프로듀싱하고 싶다고 분명하게 밝혔다. 기본적으로 그 시기의 우리 음악이 마음에 들지 않았다. 강한 경쟁심이 생겼고, 시대에 맞는 소리를 내는 다른 그룹들에게 가려질 위험성을 느꼈다.

모타운은 말했다. "아니, 너희가 직접 곡을 쓸 수는 없지. 작곡가와 프로듀서가 따로 있어야 해." 우리의 요구를 거부할 뿐 아니라, 자작곡을 내고 싶다는 말조차 하면 안 된다고 했다. 나는 무척 낙심했고, 모타운이 주는 모든 곡이 마음에 안 들기 시작했다. 결국 몹시 실망하고 속상해서 모타운을 떠나고 싶었다.

나는 옳지 않은 게 있으면 말해야 직성이 풀린다. 다들 나를 끈질 기거나 의지가 강한 사람으로 보지 않지만, 그건 나를 몰라서다. 결국 형제들과 나는 모타운 때문에 괴로운 지경에 이르렀지만, 다들 입도 벙긋 하지 않았다. 형들은 잠자코 있었다. 아버지도 가만있었다. 그러니 베리 고디를 만나 담판하는 일은 내 몫이었다. 우리 《잭슨 5》가 모타운을 떠나겠다고 밝힐 사람은 나였다. 베리를 직접 찾아갔고, 그것은 지금껏 한 일 중 가장 난감한 일이었다. 불행한 사람이 나 하나였다면 입을 다물었겠지만, 집에서는 다들 힘들다고 푸념했다. 그러니 내가 베리에게 가서 우리의 상황을 알려야 했다. 나는 불행하다고 말했다.

내가 베리 고디를 사랑한다는 사실을 염두에 두시기를. 그는 천재고 음악계의 거목인 똑똑한 인물이다. 나는 고디를 존경할 따름이다. 하지만 그날 나는 용감했다. 곡을 쓰고 프로듀싱 할 자유를 전혀 누리지 못한다고 말했다. 베리는 히트 음반을 만들려면 아직 프로듀서가 필요하다고 생각한다고 답했다.

하지만 나는 눈치챘다. 베리는 화를 내며 말했다. 힘든 면담이었지만, 우린 다시 친구 사이고 그는 나에게 있어 여전히 내 성공을 대견해하고 기뻐하는 아버지 같다. 무슨 일이 있더라도 늘 베리를 사랑할 것이다. 평생 가장 소중한 것들을 그에게 배웠으니까. 베리는 《잭슨 5》가 역사의 일부가 될 거라고 말한 장본인이었고, 과연 말대로 되었다. 모타운은 오랜 세월 많은 사람들에게 많은 일을 해주었다. 《잭슨 5》가 베리가 대중에게 직접 소개한 그룹이었던 것은 큰 행운이었다. 그가 없었다면 내 인생은 무척 달랐을 것이다. 모타운은 우리가 프로로 출발하게 해주었고 커리어를 쌓게 지원해주었다. 형제들 모두 그렇게 느꼈다. 거기가 뿌리였고 다들 머물 수 있기를 바랐다. 우린 모타운이 베푼 모든 것에 감사했지만 변화는 불가피하다. 나는 현재에 사는 사람이니 물을 수밖에 없다. 이제 상황이 어떻게 될까? 지금 무슨 일이 벌어지나? 과거에 영향을 미쳤던 어떤 일이 또 다시 일어날까?

아티스트는 삶과 일을 주도하는 게 중요하다. 전에는 아티스트들이 이용당하는 게 큰 문제였다. 결과에 얽매지 말고 옳다고 믿는 바를 주장해야 그런 일을 당하지 않는다는 걸 배웠다. 우리가 모타운에 머무를 수도 있었겠지만, 그랬다면 구태의연한 그룹이 됐을 것이다.

변해야 될 때인 걸 알았고, 그래서 본능에 따랐다. 다른 음반 레이블 《에픽Epic》사와 새 출발하기로 결정했고 잘 되었다.

마침내 감정이 정리되고 속박당한 기분에서 벗어나 안도했다. 하지만 저메인이 모타운에 남기로 결정하자 큰 충격에 빠졌다. 베리의 사위이니 사정이 우리보다 복잡했다. 저메인은 떠나는 것보다 잔류가 더 중요하다고 생각했고, 늘 양심대로 처신하는 사람인지라 그룹에서 빠졌다.

저메인 없이 공연한 첫 무대가 생생히 기억난다. 내 마음이 너무 아팠기 때문이다. 처음 무대에 섰을 때부터 게리의 거실에서 연습할 때조차 저메인은 늘 베이스 기타를 매고 내 왼쪽에 섰다. 형이 옆에 있는 게 의지가 됐다. 처음으로 저메인 없이, 옆에 아무도 없이 서 있자니 평생 처음 알몸으로 무대에 오른 느낌이었다. 그래서 다들 빛나는 스타 저메인의 자리를 메우려고 더 열심히 공연했다. 그 공연을 선명히 기억하는 것은 세 번이나 기립박수를 받았기 때문이다. 우린 열심히 노래하고 춤췄다.

저메인이 그룹을 떠나자 말론이 그 자리를 차지할 기회를 얻었고, 그는 무대에서 빛났다. 랜디가 공식적으로 봉고 연주자이자 팀의 막내로 내 자리에 들어왔다.

저메인이 떠날 즈음, 그룹의 상황은 한층 복잡했다. 여름에 바보 같은 TV 시리즈에 출연하는 것 때문이었다. 그 쇼 출연을 수락한 게 명청한 짓이었고, 난 그 쇼가 처음부터 끝까지 싫었다.

난 《잭슨 5》 만화 프로그램을 굉장히 좋아했다. 토요일 아침에 일찌감치 일어나서 "나는 만화다!"라고 말하곤 했었다. 하지만 이 텔레비전 쇼는 질색이었다. 음반 커리어에 도움이 아니라 해가 될 것 같아서였다. TV시리즈는 음반을 내는 아티스트에게는 최악이다. 나는 계속 "이게 음반 판매를 망칠 거야"라고 말했다. 다른 사람들은 "아니,

도움이 될 거야"라고 대꾸했고.

그들의 판단이 완전히 틀렸다. 화면에서 우리가 괴상한 의상을 입고 엉뚱한 코미디를 하면 녹음된 웃음소리가 나왔다. 다 가짜였다. 우린 텔레비전에 대해 배우거나 익힐 짬이 없었다. 하루에 세 곡의 춤을 만들어야 했고, 마감에 맞춰야 했다. 매주 닐센 시청률이 우리 삶을 지배했다. 난 다시는 그런 짓을 하지 않을 것이다. 그건 앞이 막힌 골목이다. 심리적인 현상이 일어난다. 어떤 이가 매주 남의 집에 가면 그 집에서는 그를 잘 안다고 느끼기 시작한다. 가수가 녹음된 웃음소리에 대고 어처구니없는 코미디를 하면 음악은 뒷전으로 물러나기 시작한다. 다시 진지해져서 음악활동을 이어가려 해도 뜻대로 되지 않는다. 과도하게 노출되었기 때문이다. 대중은 이 가수를 웃기고 이상한 쇼를 하는 인물로 본다. 이번 주에는 산타클로스가 되고 다음 주는 개구리 왕자님이 되고, 또 다른 주에는 토끼가 된다. 이건 미친 짓이다. 음악계에서 정체성을 잃었으니까. 기존의 로커 이미지가 사라진다. 난 코미디언이 아니다. 난 쇼 사회자도 아니다. 난 뮤지션이다. 그런 이유로 《그래미상The Grammy Awards》과 《아메리칸 뮤직 어워드The American Music Awards》의 사회자 제의를 거절했다. 거기 서서 몇 마디 시시한 농담을 던져, 내가 마이클 잭슨이라는 이유로 사람들을 억지로 웃게 하면 즐거울까? 내가 재미난 사람이 아닌 걸 스스로 잘 아는데?

TV쇼 이후 원형극장에서 공연한 기억이 난다. 무대가 회전하지 않았다. 회전했으면 빈 객석을 보고 노래했을 테니까. 그 경험에서 많은 걸 배웠고, 방송사와 다음 시즌의 계약 갱신을 거부한 사람은 나였다. 아버지와 형제들에게 방송 출연을 큰 실수로 본다고 말하자, 그들은 내 견해를 이해했다. 사실 프로그램 녹화 전부터 난 많은 의심을 품었다. 하지만 모두 좋은 경험이고 그룹에게 좋을 거라고 주장해서, 결국 한 번 해보자고 동의했었다.

TV의 문제점은 모든 것을 짧은 시간 속에 담아야 되는 것이다. 뭐든 완벽을 기할 시간이 없다. 스케줄이, 빽빽한 스케줄이 모든 생활을 지배한다. 마음에 들지 않는 게 있어도 잊고 다음 일정을 해나가야 된다. 나는 타고난 완벽주의자다. 매사 가능한 최고가 좋다. 사람들이 내 공연을 듣거나 보고, 내가 가진 모든 것을 쏟았다고 느끼면 좋겠다. 청중에게 그런 예우를 해야 된다고 느낀다. TV 쇼에서 무대는 초라하고 조명은 형편없고, 급조한 안무를 선보였다. 어떤 면에서 쇼는 히트했다. 라이벌인 인기 쇼가 있었는데 시청률에서 우리가 앞섰다. CBS는 계속 붙잡으려 했지만, 나는 그 쇼가 실수라는 걸 알았다. 결국 음반 판매에 손해가 되었고, 피해를 복구하는 데 한참 걸렸다. 뭔가 잘못된 걸 알면, 어려운 결정을 내리고 본능을 믿어야 한다.

그 후 나는 TV 출연은 거의 하지 않았다. 유일하게 모타운 25주년 특별 방송은 신경 써야 했다. 베리가 출연을 부탁했고, 나는 계속 사양했지만 결국 설득에 넘어갔다. 나는 《빌리 진Billie Jean》을 공연하고 싶다고 말했다. 쇼에 나오는 곡들 중 유일하게 모타운 발표곡이 아니지만 베리는 흔쾌히 동의했다. 《빌리 진》은 당시 1위곡이었다. 나는 그룹 곡의 안무를 맡아 예전 곡들에 몰두하면서도, 《빌리 진》을 선보일 아이디어가 있었다. 내가 다른 일로 분주한 와중에 예전 곡들은 머릿속에서 저절로 정리되었다. 누군가에게 검은 페도라 스파이 중절모를 빌리거나 구입하라고 부탁했고, 공연 당일에 준비한 순서를 진행했다. 그날 밤은 잊지 못할 것이다. 마지막에 눈을 뜨니 사람들이 일어나 박수를 치고 있었다. 그런 반응에 가슴이 벅찼다. 정말 기분 좋았다.

모타운에서 에픽으로 옮기는 동안 가져본 유일한 휴식은 TV 쇼였다. 그 일을 하면서 에픽이 케니 갬블Kenny Gamble과 레온 허프Leon Huff에게 우리가 부를 곡의 데모를 준비시켰다고 들었다. TV 출연이 마무리되면 필라델피아에서 녹음할 거라고 했다.

음반사를 바꾸면서 가장 이익을 본 사람이 있다면 랜디였다. 이제 랜디는 《파이브》의 일원이었다. 하지만 랜디가 그룹에 들어왔을 때 우리는 더 이상 《잭슨 5》가 아니었다. 모타운은 그룹명이 회사의 등록상표여서 우리가 떠나면 더 이상 그 이름을 쓰지 못한다고 말했다. 물론 우리는 그때부터 《잭슨스》로 활동했다.

에픽과 협상이 진행되는 사이 아버지는 필라델피아 사람들과 만났다. 우린 늘 갬블과 허프가 관여한 음반들을 무척 존경했다. 오제이스의 《백스태버스Backstabbers》, 해럴드 멜빈Harold Melvin과 블루 노츠Blue Notes의 《이프 유 돈 노우 미 바이 나우If You Don't Know Me By Now》(테디 펜더그래스Teddy Pendergrass 피처링), 쓰리 디그리스Three Degrees의 《웬 윌 아이 씨 유

베리는 외모뿐만 아니라 우리가 하는 모든 일에 관심을 가져주었다.

1971년 다이애나 로스 TV 스페셜에 출연

어게인When Will I See You Again》을 비롯해 히트곡이 많았다. 그들은 우리를 지켜봤으며 우리 노래를 망치지 않겠다고 아버지에게 말했다. 아버지는 우리가 새 앨범에 자작곡 한두 곡을 넣고 싶다고 밝혔고, 그들은 곡을 잘 들어보겠다고 약속했다.

우린 케니와 레온을 비롯해 그들의 팀과 대화를 나누었다. 레온 맥파든Leon McFadden과 존 화이트헤드John Whitehead도 포함되었다. 그들은 1979년에 《에인트 노 스타핑 어스 나우Ain't No Stoppin' Us Now》를 만들면서 역량을 보여주었다. 덱스터 원젤Dexter Wanzel도 팀의 일원이었다. 케니 갬블과 레온 허프는 진정한 프로패셔널들이다. 그들이 곡들을 제시할 때 난 둘이 곡을 만드는 모습을 볼 기회를 얻었고, 나중에 작곡에 큰 도움이 되었다. 허프가 피아노를 연주하고 갬블이 노래하는 것을 본 것만으로도 노래 분석에 대해 많이 배웠다. 케니 갬블은 멜로디의 거장이다. 난 그가 창작하는 모습을 지켜본 덕분에 멜로디에 더욱 집중하게 되었다. 관찰하고 싶었다. 나는 독수리처럼 거기 앉아서, 모든 결정을 관찰하고 모든 소절을 들으려 했다. 그들은 우리 호텔로 와서 앨범에 수록할 곡들을 전부 연주했다. 우리가 직접 쓰고 있는 두 곡은 제외하고 선택한 곡들을 그런 식으로 우리에게 소개했다. 그렇게 노래를 알게 되다니 놀라웠다.

녹화가 없어서 쉬는 사이 우린 자작곡들의 데모 테이프를 만들었지만, 내놓지 않고 기다리기로 했다. 너무 서두를 필요가 없을 것 같았기 때문이다. 필라델피아 팀이 내놓을 게 많다는 걸 알기에 우리의 깜짝쇼는 나중을 위해 아껴두었다.

자작곡《블루스 어웨이Blues Away》와《스타일 오브 라이프Style of Life》가 너무 자랑스러워서 비밀로 하기가 어려웠다.《스타일 오브 라이프》는 티토가 이끄는 잼 형식이었다.《댄싱 머신》에서 시작한 나이트클럽 그루브를 유지했지만, 모타운 스타일보다는 빈약하고 건방진 분위기를 가미했다.

《블루스 어웨이》는 내 첫 곡들 중 한 곡이었고, 지금은 부르지 않지만 들어봐도 부끄럽지 않다. 힘들게 작업한 후 그 음반에 넌더리 내는 걸로 끝났다면, 난 이 업계에서 버티지 못했을 것이다. 이 곡은 깊은 우울을 극복하는 내용의 가벼운 노래다. 난 내면의 격동을 멈추기 위해 겉으로 웃는 잭키 윌슨의《론리 티어드랍스Lonely Teardrops》의 스타일을 취하려 했다.

에픽에서 처음 만든《잭슨스》앨범의 커버 디자인을 보고, 우리가 서로 너무 닮아서 놀랐다. 티토까지 날씬해 보였다! 당시 나는 크라운 아프로 머리를 해서 위로 튀어나오지는 않았다. 그래도《인조이 유어셀프Enjoy Yourself》《쇼우 유 더 웨이 투 고우Show You the Way to Go》같은 곡을 연주할 때면, 관객들은 내가 여전히 왼쪽에서 두 번째인 걸 알았다. 랜디는 먼 오른쪽, 티토의 예전 자리를 차지했고, 티토는 저메인의 자리로 옮겼다. 앞에서 말했듯이 난 이 배열에 적응하느라 오래 걸렸다. 티토의 잘못은 아니었지만.

두 싱글 곡은 재미난 음반이었다.《인조이 유어셀프》는 댄스에 적

합했다. 내가 진짜 선호하는 리듬 기타와 호른이 들어갔다. 또 1위 음반이 되었다. 내 취향에는《쇼우 유 더 웨이 투 고》가 더 맞았다. 에픽측이 우리 노래를 얼마나 좋게 보는지 알 수 있는 곡이었으니까. 풋심벌즈와 현악기가 새의 날갯짓처럼 우리 옆에서 퍼덕댔다. 이 곡이 더 히트하지 않은 게 이상하다.

일일이 말할 순 없지만《리빙 투게더Living Together》라는 곡에서 상황을 넌지시 드러냈다. 케니와 레온이 우리를 염두에 두고 선택한 곡이었다.

"우리가 함께 있으면 가족이 될 거예요. 재미있는 시간을 보내요, 하지만 늦어지고 있는 걸 모르나요."

《백스태버스Backstabbers》처럼 현악기들이 포인트를 주었지만, 그게 바로《잭슨스》의 메시지였다. 아직《잭슨스》만의 스타일은 아닐지라도.

갬블과 허프가 다른 앨범에 들어갈 여러 곡을 썼지만, 그들이 최선을 다해도 우리가 정체성을 잃어가는 게 느껴졌다. 필라델피아 패밀리의 일원이 된 것은 영광이었지만 그 정도로는 부족했다. 오랫동안 하고 싶었던 일들을 다 하기로 작정했다. 그런 이유로《엔시노Encino》녹음실로 돌아가 다시 가족으로 뭉쳐 작업해야 했다.

에픽에서 만든 두 번째 앨범《고잉 플레이시즈Going Places》는 첫 앨범과 달랐다. 메시지가 담긴 곡들이 늘고 댄스곡은 줄었다. 평화를 진작시키고 음악에게 맡기라는 메시지는 훌륭했지만, 역시 오제이스의《러브 트레인Love Train》과 무척 비슷할 뿐 진정한 우리 스타일이 아니었다.

어쩌면《고잉 플레이시스》에 빅 히트송이 없는 게 나쁘지만은 않았다. 덕분에《디퍼런트 카인드 오브 레이디Different Kind of Lady》가 클럽 연주곡으로 선택되었으니까. 이 곡은 앨범 A면의 중간에 배치되고, 겜블과 허프의 두 곡이 앞뒤로 들어가서 우리 곡이 눈에 확 띄었다. 진짜 밴드의 솜씨가 담겨있었다. 필라델피아의 호른이 우리의 바람대로 곡을 더 근사하게 만들었다. 우리가 에픽에 가기 전, 오랜 친구 바비 테일러와 데모를 만들면서 시도한 느낌이 바로 그거였다. 케니와 레온이 마지막으로 조미료를 치긴 했지만, 이 곡은 우리끼리 만든 요리였다.

《고잉 플레이시스》출시 후, 아버지는 내게 론 알렉슨버그[9]를 만나러 가는 데 동행하자고 권했다. 론은 우리와 CBS 음반의 계약을 이끌었고, 우리의 능력을 믿었다. 우린《잭슨스》의 음악을 책임질 준비가 되었다고 론을 설득하고 싶었다. CBS는 우리의 역량에 대한 증거를 갖고 있는 듯 했다. 그래서 원래 바비 테일러가 함께 하기를 바랐다고 설명하면서 상황을 털어놓았다. 바비는 오랜 세월 함께 했고, 우리가 《잭슨스》의 프로듀서로 어울린다고 믿는 사람이었다. 에픽이 겜블과 허프를 프로듀서로 쓴 것은 그들이 보여준 실적 때문이었다. 하지만

---

9 **Ron Alexenburg.** 미 음악계에서 50년 이상 일한 인사로 CBS 음반사를 거쳐 콜럼비아로 옮겼다. 옮긴이 주.

그들이 맞지 않는 기수였거나 우리가 맞지 않는 말들이었다. 판매 부문에서 주춤댔지만 우리의 잘못은 아니었다. 우린 매사에 엄격한 직업윤리로 임했으니까.

알렉슨버그 씨는 연예인들을 능란하게 다루었다. 그도 사업상 친구들을 만나면 뮤지션들을 신랄하게 비판하겠지만. 하긴 뮤지션끼리 만나면 제작자들을 비평하니까. 하지만 음악의 사업 부문에서 아버지와 나의 사고방식은 같았다. 음악을 만드는 사람들과 음반을 파는 사람들은 적이 아니다. 나는 클래식 음악가만큼이나 내 음악에 신경 쓰고, 내 음악이 폭넓은 청중에게 닿기 바란다. 음반사 관계자들은 소속 아티스트들에 신경 쓰고, 최대한 큰 시장에 닿기 바란다. CBS 이사실에서 멋진 점심 식사를 하면서, 알렉슨버그 씨에게 에픽이 최선을 다했지만 성에 차지 않았다고 털어놓았다. 우리가 더 잘 할 수 있을 것 같다고, 우리의 명성을 내걸어볼 만 하다고 말했다.

《블랙 록Black Rock》이란 이름의 고층빌딩을 나서면서, 아버지와 나는 서로 말이 없었다. 호텔로 가는 차에서도 각자 생각에 잠겨 침묵했다. 이미 한 이야기에 더 보탤 내용이 없었다. 한 번의 중요한 담판에 우리 인생 전체가 걸렸다. 아무리 세련되고 공평하게 말해도 그건 담판이었다. 세월이 지나 론 알렉슨버그는 그 날을 기억하면서 미소 지을 법 할 것이다.

뉴욕의 CBS 본사에서 그 면담을 할 때 난 겨우 열아홉 살이었다.

열아홉 살 치고 무거운 짐을 떠안았다. 사업과 창작에 관련된 결정을 내릴 때 가족들이 점점 내게 의지했고, 난 모두에게 옳은 일을 하는지 노심초사했다. 하지만 평생 하고 싶었던 일을 할 기회를 얻기도 했다. 그건 영화 출연이었다. 아이러니하게도 모타운 인연이 뒤늦게 선물을 주었다.

우리가 회사를 떠날 무렵 모타운은《위즈》라는 브로드웨이 쇼의 영화 제작권을 사들였다.《위즈》는 영화《위저드 오브 오즈》를 흑인 위주로 개작한 작품이었다. 난 원래《오즈의 마법사》의 팬이었다. 어렸을 때 1년에 한 번, 늘 일요일 밤에 텔레비전에서 이 영화를 방영했다. 요즘 아이들은 그게 모두에게 얼마나 큰 이벤트였는지 상상도 못 할 것이다. 비디오와 케이블 방송이 늘 옆에 있으니.

난 브로드웨이 쇼를 봤고 전혀 실망스럽지 않았다. 단언컨대 예닐곱 차례나 관람했다. 나중에 주인공인 도로시 역의 스테파니 밀스 Stephanie Mills와 굉장히 친해졌다. 당시 그녀에게 연극 장면을 촬영하지 않아 아쉽다고 말했고 지금도 안타깝다. 난 여러 번 울었다. 브로드웨이 무대를 좋아하지만, 거기서 연극을 하고 싶지는 않다. 녹음이든 영화 촬영이든 퍼포먼스를 할 때는 한 일을 평가하고 싶다. 능력을 가늠하고 발전시키고 싶다. 그런데 녹음이나 촬영되지 않는 퍼포먼스를 하면 그럴 수가 없다. 위대한 배우들의 예전 연극 연기를 보고 싶은 마음이 크지만, 촬영할 수가 없었거나 촬영하지 않아서 볼 수가 없으니 너무 아쉽다.

만약 내가 무대에 서고 싶은 유혹을 느꼈다면 스테파니와 공연했을 것이다. 그녀의 연기가 워낙 감동적이라 난 관객들 앞에서 울어버렸겠지만. 내가 알기에 모타운이《위즈》의 저작권을 매수한 유일한 이유이자, 가장 좋은 이유는 바로 다이애나 로스였다.

다이애나는 베리 고디와 친했고 그와 모타운에 대한 의리를 지켰다. 하지만 그녀는 다른 음반사에서 음반을 낸다고 해서 우릴 잊지 않았다. 변화가 생겼지만 서로 연락했고, 다이애나가 라스베이거스에서 우리를 만나러 와서 공연에 대한 팁을 주기도 했다. 그녀가 도로시 역을 맡기로 했고, 정해진 캐스팅은 그 배역뿐이니 나더러 오디션을 보라고 채근했다. 또 모타운이 나나 가족을 망신 주려고 배역을 주지 않는 일은 없을 거라고 장담했다. 다이애나는 필요하면 그 부분을 확실히 해주겠지만 그럴 필요까지 없다고 생각했다.

과연 그랬다. 내가《위즈》의 오디션을 보기 바란다고 말한 사람은 베리 고디였다. 그가 그렇게 생각해주니 나로서는 큰 행운이었다. 그 경험을 하면서 영화에 빠졌으니까. 나는 기회가 있으면 영화를 하고 싶다고 생각했다. 말 그대로 영화 말이다! 영화를 촬영하면, 잡히지 않는 것을 잡고 시간을 멈출 수 있다. 사람들, 그들의 연기, 이야기를 전 세계의 모든 세대가 나눌 수 있게 된다.《캡틴스 커리지어스Captains Courageous》나《앵무새 죽이기To Kill a Mockingbird》를 본 적이 없다고 상상해보길! 영화 제작은 흥미로운 작업이다. 팀플레인데다 굉장한 재미도 있다. 조만간 영화를 만드는 데 시간을 더 할애할 계획이다.

오디션을 본 역할은 허수아비였다. 내 스타일에 딱 맞는 배역이다 싶어서였다. 양철 인간을 하기엔 내가 너무 명랑했고 사자를 하기엔 너무 가벼웠다. 그래서 확실한 목표가 생겼으니 배역의 대사와 춤에 몰입하려고 애썼다. 감독인 시드니 러멧Sidney Lumet의 전화를 받자 자신이 대견하면서도 겁도 났다. 영화 촬영 과정은 새로운 일이고, 몇 달간 가족과 음악의 책임을 내려놓아야 될 터였다. 촬영지인 뉴욕을 방문해서,《위즈》의 배경이지만 살아본 적 없는 할렘의 분위기를 익혔다. 그 생활에 금방 적응되는 게 놀라웠다. 서부에서 늘 이름만 들었지 본 적 없는 사람들과 만나는 게 즐거웠다.

《위즈》제작은 여러 면에서 교육이 되었다. 나는 음반을 내는 아티스트로서는 노련한 프로였지만, 영화계는 전혀 새로웠다. 최대한 밀착해서 지켜보고 많은 걸 배웠다.

135

인생에서 이 시기에 의식적으로 또 무의식적으로 뭔가를 추구했다. 이제 어른이 되어 인생에서 바라는 것에 대해 스트레스와 불안을 느꼈다. 선택할 수 있는 것들을 분석하고, 영향을 미칠 결정을 할 준비를 했다.《위즈》촬영장에 있으면 큰 학교에 있는 것 같았다. 촬영하면서 분장을 많이 했고, 나도 모르게 분장하는 걸 즐겼다. 분장은 이만저만한 큰일이 아니었다. 내 경우 다섯 시간이 걸렸고 1주일에 6일간 분장했다. 일요일에는 촬영이 없었다. 오래 분장하다 보니 결국 네 시간으로 줄어들었다. 오래 앉아 분장을 받는 걸 꺼리지 않자 다른 배우들이 놀랐다. 그들은 분장을 싫어했지만 나는 얼굴에 그런 걸 바르

는 게 즐거웠다. 허수아비로 변하는 것은, 세상에서 가장 경이로운 일이었다. 다른 사람이 되어 캐릭터 속으로 도망칠 수 있었다. 아이들이 촬영장을 방문하면, 난 허수아비가 되어 같이 놀고 반응하는 게 정말 즐거웠다.

늘 영화에서 아주 품위 있게 연기하는 상상을 했지만, 영화제작의 멋진 이면을 깨달은 것은 뉴욕에서 분장과 의상 지원팀 스텝들과 함께 한 경험이었다. 늘 찰리 채플린Charlie Chaplin 영화를 좋아했다. 무성 영화 시절, 채플린은 내놓고 품위 있게 연기하지 않았다. 나도 허수아비를 그런 식으로 연기하고 싶었다. 코일 다리부터 토마토 코, 폭탄 맞은 것 같은 가발까지 의상이 마음에 들었다. 그때 입었던 오렌지색과 흰색 스웨터를 보관했다가 세월이 흘러 사진 촬영을 할 때 입기도 했다.

영화에 아주 복잡하고 멋진 댄스가 나왔고, 안무를 익히는 것은 식은 죽 먹기였다. 하지만 안무 때문에 동료 출연자들과 예상치 못한 문제가 생겼다.

아주 어릴 때부터 남의 댄스 스텝을 지켜보고 어떻게 하면 되는지 금방 파악했다. 다른 배우들은 한 스텝씩 동작을 배우고, 박자를 세고 다리를 여기에 놓고 엉덩이는 오른쪽으로 흔들라고 배워야 했다. 엉덩이는 왼쪽으로, 목은 이렇게, 그런 식으로. 하지만 나는 뭐든지 보면 단번에 할 수 있었다.

《위즈》를 촬영하면서 다른 출연자들인 깡통 인간, 사자, 다이애나

로스와 안무를 배웠는데 다들 점점 내게 화가 났다. 왜 그런지 몰랐는데 결국 다이애나가 나를 불러냈다. 그녀는 나 때문이 당황스럽다고 말했다. 나는 다이애나를 쳐다보기만 했다. 다이애나를 당황시킨다고? 내가? 그녀는 내가 의식 못하겠지만 안무를 너무 빨리 배운다고 말했다. 또한 그것이 그녀와 동료들을 난처하게 만든다는 것이었다. 다른 사람들은 안무가의 동작을 보자마자 스텝을 배울 수가 없었다. 그녀는 안무가가 동작을 보여주면 내가 곧장 해버린다고 말했다. 안무가는 출연자 모두에게 그렇게 요구하지만, 다들 배우는 데 시간이 걸린다고 설명했다. 우린 웃었지만 이후 난 스텝을 너무 쉽게 배우는 티를 내지 않으려고 애썼다.

또 영화계에 약간 못된 구석이 있을 수도 있는 걸 알게 되었다. 내가 카메라 앞에서 심각한 연기할 때면 다른 출연자들이 이상한 표정을 지으면서 웃기기 시작하는 경우가 잦았다. 항상 진지한 프로정신과 준비성을 훈련 받은 내가 보기에 그것은 아주 못된 짓이었다. 이 배우는 그날 내가 중요한 대사를 연기해야 되는 줄 알면서도 이런 이상한 짓거리로 정신 없게 만들었다. 배려심이 없고 부당한 처신 그 이상으로 나쁜 짓 같았다.

훨씬 후에 말론 브란도Marlon Brando도 늘 당한 일이라고 내게 말했다.

촬영장에서 문제가 드문드문 일어날 뿐 다른 일은 별로 없어서 다이애나와 가까이서 작업하는 게 좋았다. 정말 아름답고 재능 있는 여성이다. 영화 작업에 함께 하는 게 내게는 무척 특별했다. 그녀를 깊이 사랑한다. 언제나 다이애나를 마음 깊이 사랑했다.

《위즈》촬영은 즐거웠지만 그 기간 내내 스트레스와 불안의 연속이었다. 그 해 7월 4일 독립기념일을 생생히 기억한다. 저메인의 바닷가 집에 놀러 갔기 때문이다. 해변과 집이 반 블록쯤 떨어져 있었다. 바다에 들어가서 노는데 갑자기 숨을 쉴 수가 없었다. 공기가 없었다. 아무 것도 없었다. 무슨 일일까? 공포에 빠지지 않으려고 애쓰면서 집으로 달려가 저메인을 찾았다. 형이 병원에 데려갔다. 심한 상태였다. 폐에서 혈관이 터졌다. 그런 일은 다시 일어나지 않았지만, 가끔 상상인지 몰라도 어딘가 꼬집히고 당기는 느낌이 든다. 나중에야 이 상태가 늑막염과 관계 있다는 걸 알았다. 의사는 좀 천천히 일하라고 조언했지만, 스케줄이 그걸 허용하지 않았다. 고단한 일이 게임이라는 이름으로 계속되었다.

옛날 영화《오즈의 마법사》도 좋아했지만, 신작은 원작보다 묻고 대답하는 장면이 많았다. 규모보다는 정신적인 면에서 브로드웨이 공연과도 달랐다. 옛날 영화는 동화 속 마법 왕국의 분위기였다. 한편 우리 영화의 배경은 아이들이 알아볼 수 있는 현실 속의 운동장, 지하철역, 도로시가 살던 진짜 동네였다. 지금도《위즈》를 보면서 그때 경험을 되살리면 즐겁다. 특히 다이애나가 "뭐가 두렵냐고? 내가 뭘로 만들어졌는지 모르니?"라고 묻는 장면이 맘에 든다. 살면서 좋은 때

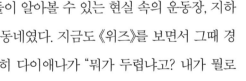

조차도 그런 감정을 여러 번 느껴봤다. 다이애나는 두려움을 극복하고 당당하게 걷는다고 노래한다. 어떤 위협도 그녀를 주저앉힐 수 없다는 걸 자신도 알고 관객도 안다.

내 역할은 할 말도 많고 배울 것도 많았다. 내가 영화세트 속 기둥에 꽂혀서 《유 캔트 윈You Can't Win》을 부를 때 까마귀 떼가 비웃었다. 수치심과 무력감에 때로 너무 많은 사람들이 느껴본 감정에 대한 노래였다. 저기서 사람들이 노골적으로 우리를 막지 않아도 조용히 불안정하게 만들어서 스스로 주저앉게 하는 느낌을 주는 노래였다. 시나리오가 탄탄해서, 내가 정보와 인용구를 어떻게 사용하는지 모르면서도 지푸라기에서 빼내게 했다. 지푸라기에는 모든 답이 들어 있었지만 나는 질문을 몰랐다.

두 《위즈》 영화는 다른 점이 있었다. 오리지널 버전에서는 착한 마녀와 친구들이 도로시에게 답을 주지만, 우리 영화에서는 도로시가 스스로 결론에 이른다. 세 친구에게 의리를 지키고 노동착취 공장에서 엘비나Elvina와 싸우는 용기를 내는 것이 도로시를 기억에 남을 인물로 만든다. 그 후 다이애나의 노래와 댄스와 연기는 내 마음에 여전히 남아 있다. 완벽한 도로시였다. 나쁜 마녀가 패배한 후 우리의 기쁨 넘치는 댄스가 화면을 가득 메웠다. 영화에서 다이애나와 추는 댄스는 내 이야기의 축소판 같았다. 안짱다리 걸음과 빅풋bigfoot 스핀은 어린 시절의 나였다. 노동착취 공장에서 테이블 위의 댄스는 그 순간 우리의 자리였다. 모든 게 앞으로 위로 향했다. 형제들과 아버지는 이 배역을 맡았다는 소식을 듣고 벅찰 거라고 짐작했지만 그 반대였다. 《위즈》는 내게 새로운 영감과 힘을 주었다. 그것을 어떻게 사용할 지가 관건이 되었다. 어떻게 하면 영감과 힘을 잘 활용할 수 있을까?

다음에 뭘 하고 싶은지 고민할 무렵, 어떤 사람과 나는 《위즈》 촬영장의 접점을 향해 평행선을 걷고 있었다. 어느 날 브룩클린에서 리허설이 있었다. 출연진이 배역의 대사를 읽었다. 나는 지금껏 대사 암기를 가장 어려운 일로 여겼었지만 이에 대한 기분 좋은 놀라운 경험을 했다. 모두 내게 친절했고 생각보다 수월할 거라고 다독여주었다. 과연 그랬다.

그날 우리는 까마귀 장면을 연습했다. 다른 출연자들은 까마귀 의상을 입어서 이 장면에서 머리도 보이지 않았다. 그들은 대사를 완전히 이해하는 것 같았다. 나도 내 분량을 공부했지만 낭독은 한두 번 해본 정도였다.

대본 지문에 내가 지푸라기에서 종이 한 장을 빼서 읽으라고 나와 있었다. 인용문이었다. 끝에 필자의 이름이 《Socrates》라고 적혀 있었다. 읽어봤지만 발음해본 적 없는 이름이어서 "소-크라테스"라고 읽었다. 늘 그렇게 발음되는 줄 짐작했기 때문이었다. 잠깐 적막이 흐르다가 누군가 "소크-러-티즈"라고 소곤대는 소리가 들렸다. 말한 사람을 보니 얼핏 아는 얼굴 같았다. 배우는 아니지만 이 자리에 있어야 될 사람이었다. 패기있고 다정한 얼굴이라고 생각했던 기억이 난다.

이름을 잘못 발음한 게 멋쩍어서 씩 웃으면서, 도와줘서 고맙다고 인사했다. 그의 얼굴이 묘하게 낯익었고, 문득 만난 적이 있다는 확신이 생겼다. 그가 손을 뻗으며 내 의구심을 확인시켜주었다.

"퀸시 존스Quincy Jones야. 배경 음악을 맡고 있지."

제4장

나와 Q

퀸시 존스를 처음 만난 것은 열두 살 때 로스앤젤레스에서였다. 나중에 들으니, 새미 데이비스 주니어가 퀸시에게 "이 꼬마가 다음 시대 최고 인기가수야"라고 말했다. 퀸시는 "아 그러셔?"라고 대꾸했다는 것이다. 당시 나는 어렸지만 새미 데이비스가 Q에게 소개해준 기억이 어렴풋이 났다.

우리의 우정은 《위즈》 촬영장에서 꽃피기 시작해 부자지간처럼 되었다. 《위즈》 이후 그에게 전화해서 말했다.

"저기, 제가 앨범을 만들려고 하는데요. 혹시 추천해주실 프로듀서가 있을까요?"

의도를 갖고 물은 건 아니었다. 순진하지만 정직한 질문이었다. 우리는 한동안 음악에 대해 이야기했고, 미적지근하게 몇 사람의 이름이 나온 후 그가 말했다.

"나한테 맡기지 그래?"

정말로 그 생각은 해본 적이 없었다. 퀸시가 어떻게 들었는지 몰라도, 내가 그런 꿍꿍이를 품고 의논한 건 아니었다. 그가 내 음악에 관심이 있을 줄은 꿈에도 몰랐다. 그래서 더듬더듬 대답했다.

"아 그러면 저야 좋지요. 그 생각은 해보지 않았거든요."

퀸시는 지금도 그 일을 놀린다.

아무튼 우리는 당장 앨범을 계획하기 시작했고, 그게 바로 《오프 더 월Off the Wall》이었다.

형제들과 나는 독자적인 제작사를 만들기로 결정했고, 회사 이름을 궁리하기 시작했다.

신문에 공작새Peacock에 관련된 기사는 많지 않지만, 이 무렵 나는 중요한 기사 하나를 발견했다. 늘 아름다운 새라고 생각했고, 베리 고디의 집에 있던 새에 감탄했었다. 그래서 새의 특징들을 세세히 다룬 기사와 사진을 보면서 흥분했다. 우리가 찾는 이미지를 발견했구나 싶었다. 심도 있는 글이었고 군데군데 지루했지만 또 흥미로웠다. 필자는 공작새가 사랑할 때만 깃털을 모두 펼치며, 그러면 총천연색이 빛난다고 썼다. 무지개 빛깔이 전부 한 몸에 담겨 있다는 것이다.

그 즉시 아름다운 이미지와 내면에 깔린 의미에 매료되었다. 새의 깃털은 내가 찾던 메시지를, 우리의 다양한 관심사를 비롯해《잭슨스》와 서로를 향한 헌신이 담겨 있었다. 형제들도 이 아이디어에 공감해서 회사명을 《피코크 프로덕션Peacock Production》으로 지었다. 덕분에 잭슨이라는 이름에 너무 의존하는 덫을 피할 수 있었다. 첫 세계 투어는 음악을 통해 모든 인종을 어우러지게 하는 데 초점을 맞추었다. 일부 지인들은 음악을 통해 모든 인종을 연대시킨다는 말이 무슨 뜻인지 궁금해 했다. 결국 우리는 흑인 뮤지션이 아니냐는 거였다. 우리 대답은 "음악은 색맹이다"였다. 매일 밤, 특히 우리가 방문한 유럽과 세계 다른 지역에서 그걸 똑똑히 봤다. 거기서 만난 사람들은 우리 음악을 사랑했다. 그들에게 우리의 피부색이나 국적은 중요하지 않았다.

우리 제작사를 만들고 싶었던 이유는, 음악계에 새로운 존재로 성장하고 자리 잡고 싶어서였다. 가수와 댄서만 아니라 작사가, 작곡가, 편곡자, 프로듀서, 심지어 출판까지 하고 싶었다. 관심사가 무척 다양했고, 프로젝트를 뒷받침할 회사의 보호가 필요했다. CBS는 우리가 앨범을 프로듀싱 하는 데 동의했었다. 두 앨범은 잘 팔렸고,《디퍼런트 카인드 오브 레이디Different Kind of Lady》는 우리가 발전하게 뇌둘 만하다는 잠재성을 입증했다. CBS는 한 가지 조건을 내걸었다. 기획홍보부 직원인 바비 콜롬비Bobby Colomby가 가끔 우리와 만나 진행 상황을 확인하고 도움이 필요한지 알아본다는 조항이었다. 바비는《블러드, 스웨트, 티어스Blood, Sweat, and Tears》와 함께 한 인물이었다. 우린 외부 뮤지션들에게 최고의 사운드를 맡겨야 한다는 걸 알았다. 우리가 취약한 부분은 키보드와 편곡이었다. 엔시노 녹음실에서 모든 새로운 기법을 제대로 숙지하지 않고 차곡차곡 쌓아나갔다. 그렉 필린가네스Greg Phillinganes는 녹음실 베테랑이라기에는 너무 젊었지만, 우리에게는 도움이 되는 요인이었다. 과거에 만났던 노련한 베테랑들보다 새로운 방식에 열려 있는 사람을 원했으니까.

그렉이 엔시노에 와서 제작 전 단계를 맡았고, 멤버들이 돌아가면서 서로를 놀라게 했다. 서로에 대한 예측이 엇나갈 정도로 대단한 일이었다. 우린 그렉에게 새 노래들을 대략 설명하면서, 필리 인터내셔널Philly International이 늘 중시한 보컬 트랙들이 마음에 들지만 믹스되면 남의 소리 벽, 현악기들, 심벌즈와 싸우는 것 같다고 말했다. 더 선명하고 펑키한 사운드를, 더 견고한 베이스와 더 날카로운 호른 부문을 원했다. 그렉은 멋진 리듬 편곡으로, 우리의 설명과 그 이상을 음악적인 형태로 담아냈다. 그가 우리 마음을 읽는 것처럼 느껴졌다.

당시 같이 작업한 바비 콜롬비가 파울리뉴 데 코스타Paulinho de Costa를 데려왔다. 랜디가 모든 부분을 혼자 감당하지 못 하겠다고 해서, 우린 파울리뉴를 걱정했다. 하지만 그는 브라질 삼바 리듬을 도입해서, 원시적이고 가끔은 직접 만든 악기들로 즉흥적으로 연주했다. 파울리뉴의 사운드가 랜디의 전통적인 접근 방식과 어우러져 시너지를 발휘하자 우린 세상을 다 얻은 것 같았다.

예술적인 면에서 우린 진퇴양난에 빠졌다. 모타운과 필리 인터내셔널에서 가장 똑똑하고 세련된 사람들과 작업했으니, 그들에게 얻은 것을 무시한다면 바보짓이겠지만 모방할 순 없었다. 다행히 바비 콜롬비가 가져온《블레임 잇 온 더 부기Blame It On the Boogie》로 쾌조의 출발을 했다. 빠르고 비트의 효과가 좋은 곡으로, 우리가 지향하는 밴드로 다가갈 기회였다. 코러스 부분을 어눌하게 부르니 재미있었다.《블레임 잇 온 더 부기》는 내가 입 한 번 다물지 않고 단숨에 부를 수 있는 곡이었다. 영국 출신의 세 사람이 만들었는데 그 중 마이클 잭슨이라는 이름이 있었다. 기막힌 우연이었다. 알고 보니 나는 디스코 곡을 쓰는 데 소질이 있었다. 이제껏 모든 주요 곡들을 부를 때 댄스 브레이크를 넣는 데 익숙해진 덕분이었다.

《잭슨스》의 장래는 불확실하면서도 흥분되었다. 창작과 음악, 가족 관계, 바램과 목표 등의 개인사 모두 변화를 겪었다. 이 모든 것이 삶을 어떻게 보내고 있는지 더 깊이 고민하게 했다. 또래와 관련해서 특히 고민스러웠다. 늘 책임을 잔뜩 안고 살았지만, 갑자기 다들 내게 원하는 게 커진 듯 했다. 골고루 나눠줄 만한 여유가 없었고 나 자신을 책임지기에도 벅찼다. 삶을 간추려보고, 사람들이 내게 원하는 게 뭔지, 누구에게 온전하게 내줄지 정해야 했다. 나로서는 어려운 일이었지만, 일부 주변 사람들을 잘 챙겨야 된다는 것을 배워야 했다. 맨 앞에 하느님이 있었고, 어머니와 아버지, 형제자매들이 뒤를 이었다. 클러렌스 카터Clarence Carter의 노래 《패치스Patches》가 떠올랐다. 아버지가 세상을 떠나자 맏아들은 농장을 꾸리라는 요청을 받고, 어머니가 그에게 의지한다고 말하는 내용이다. 《잭슨스》가 소작농도 아니고 내가 장자도 아니지만, 가냘픈 어깨에 그런 짐을 져야 했다. 왠지 늘 가족과 사랑하는 이들에게 싫다고 말하기가 너무 어려웠다. 어떤 일을 해달라거나 신경 써달라고 부탁 받으면, 감당하지 못할까 걱정하면서도 그러겠다고 대답했다.

151

지독한 스트레스에 시달렸고 걸핏하면 감정적이 되었다. 스트레스는 끔찍한 일이 될 수 있다. 감정을 오래 속에 담아둘 수는 없다. 이 시기에 사람들은, 내가 영화에 출연하면서 새 관심사가 생겼으니 음악에 얼마나 몰두하겠냐고 의심했다. 오디션을 보기로 결정한 시기가 새 밴드 출범에 방해가 됐다는 비난도 깔려 있었다. 외부에서는 우리가 시작할 참이었다고 봤던 모양이다. 하지만 물론 일은 아주 잘 풀렸다.

《댓츠 왓 유 겟 포 비잉 폴라이트That's What You Get for Being Polite》는 내가 현실에 살면서, 여느 십대들처럼 불안정과 의심에 빠졌음을 안다는 걸 드러내는 곡이었다. 내가 속한 분야에서 최고가 되려고 노력하면서도, 세상과 세상이 주는 모든 게 나를 스쳐 지나갈까 봐 걱정스러웠다.

에픽에서 발매한 첫 앨범에 갬블과 허프가 만든 《드리머Dreamer》가 들어있었다. 이런 주제였고, 곡을 배우면서 그들이 날 염두에 두고 썼을 거라고 느꼈다. 난 언제나 말 그대로 몽상가인 《드리머》다. 스스로 목표를 세운다. 상황을 살피면서 뭐가 가능한지 상상해본 후 한계를 뛰어넘기를 바란다.

1979년 스물한 살이 되면서 커리어를 완전히 스스로 관리하기 시작했다. 이즈음 아버지와 맺은 개인 매니지먼트 계약이 만료되었고, 어려운 결정이었지만 계약을 갱신하지 않았다.

친아버지를 해고하기란 쉽지 않다.

하지만 일 처리 방식이 못마땅한 경우들이 있었다. 공과 사가 섞이면 미묘해질 수 있다. 관계에 따라 좋을 수도 끔찍할 수도 있다. 아무

일도 없을 때조차 힘든 관계다.

우리 부자 사이가 달라졌느냐고? 아버지의 마음은 그랬는지 몰라도 난 아니었다. 내가 움직일 때라는 걸 알았다. 당시 아버지가 날 위해 일하는 게 아니라 그 반대로 느껴지기 시작했기 때문이다. 창작 부분에서도 둘의 생각이 완전히 달랐다. 아버지가 아이디어를 내면, 내게 맞지 않았기에 난 필사적으로 반대했다. 내가 바라는 것은 내 삶의 주도권이었다. 그래서 그걸 얻었다. 그럴 수밖에 없었다. 누구나 조만간 그런 순간을 맞이하기 마련이고, 난 업계에 오래 있었다. 경험 많은 스물한 살, 15년 경력의 베테랑이었다. 우리는 데스티니[10] 밴드와 함께하는 투어에 몰두했지만, 너무 많은 공연에서 노래하느라 내 목이 쉬어버렸다. 일부 공연을 취소해야 될 형편이 되어도 아무도 나를 원망하지 않았지만, 내가 형제들 앞을 막는 느낌이었다. 모두 제자리로 돌아오려고 애쓰면서 얼마나 잘 해냈는지 난 잘 알았다. 내 성대에 무리가 가지 않도록, 공연을 즉흥적으로 조정했다. 몇 군데 긴 소절은 말론이 내 역할을 맡았다.《쉐이크 유어 바디 다운 투 더 그라운드Shake Your Body (Down to the Ground)》는 앨범의 둘만의 곡이어서, 무대에서 구세주가 된 셈이었다. 녹음실에서 노래를 만들어나가면서 즉흥 연주를 많이 해본 덕분이었다. 마침내 우리 음악을 일개 신곡이 아닌 쇼로 내

---

10 Destiny. 데스티니는 잭슨스가 전곡을 프로듀싱 한 앨범으로 디스코펑크 명판으로 꼽힌다. 1979년 상반기에 데스티니 투어를 했다. 옮긴이 주.

놓는 꿈이 실현되었는데, 최고의 실력을 발휘할 수 없어서 답답했다. 하지만 오래지 않아 우리의 시대가 왔다.

돌아보면 나는 형들의 기대보다 많이 참았다.《데스티니》를 리믹싱 할 때, 어떤 것들이 "빠졌다"는 생각이 떠올랐다. 난 형제들이 관심이 없을 줄 알고 말하지 않고 넘어갔다. 에픽은 계약서에 내가 솔로 앨범을 만든다면 그들이 주관한다는 조항을 넣었다. 양쪽에 돈을 거는 것과 비슷했다.《잭슨스》가 새 앨범을 성공시키지 못 해도, 에픽은 나를 뭔가로 만들어볼 수 있었다. 의심스런 사고방식으로 보일 테지만, 나는 경험으로 알았다. 돈을 가진 사람들은 늘 어떤 일이 벌어지는지, 무슨 일이 생길 수 있는지, 어떻게 하면 투자액을 메꿀 수 있는지 알고 싶어 한다. 이후 상황으로 보면 내가 왜 그런 생각을 했나 싶지만, 당시에는 그게 현실이었다.

《데스티니》는 앨범으로 가장 큰 성공을 거두었다. 우린 팬들이 음반을 사는 이유가 그것이 좋기 때문이고, 모든 곡과 앨범에 최고의 실력이 담겼기 때문임을 간파하는 경지에 이르렀다. 내 첫 솔로 앨범도 최고가 되길 바랐다.

나는《오프 더 월》이《데스티니》에 싣지 않고 남겨둔 음악 같아지는 게 싫었다. 그래서 어떤 사운드를 담을지 선입견 없이 프로젝트에 임할 외부 프로듀서를 쓰고 싶었다. 또 내가 양면을 채울 좋은 곡들을 쓸 시간이 없으므로 내 선택을 도와줄 좋은 귀를 가진 사람이 필요했다. 대중이 앨범에서 괜찮은 싱글 두 곡 이상을 기대한다는 사실을 난 알았다. 디스코 곡들일 경우는 특히 그랬다. 팬들을 만족시키고 싶었다.

그런 연유로 퀸시는 내가 구할 수 있는 최고의 프로듀서임이 증명되었다. 퀸시 존스의 친구들은 그가 바비큐를 좋아하기에 짧게《큐Q》로 불렀다. 나중에《오프 더 월》을 만든 후 나는《할리우드 보울Hollywood Bowl》에서 열린 퀸시의 오케스트라 콘서트에 초대받았다. 하지만 당시에는 너무 수줍어서, 어릴 때처럼 무대의 끝자락에 서서 공연을 봤다. 퀸시는 내게 그 이상을 기대했다고 말했고, 이후 우린 서로의 기대를 충족시키기 위해 노력했다.

그날 프로듀서와 관련해 조언을 구하자 퀸시는 업계 인물들에 대해 말하기 시작했다. 누가 같이 작업할 수 있는지, 누가 골치를 썩일지를 등이었다. 그는 사람들의 실적, 누가 다른 가수와 작업 중인지, 누가 너무 태만할지, 누가 씽씽 달릴지 알았다. 그는 로스앤젤레스를 브래들리 시장Mayor Bradley보다 더 잘 알았고, 그래서 무슨 일이 벌어지는지 꿰고 있었다. 재즈 편곡자, 관현악 편곡자, 영화 음악가인 그는 팝뮤직이라면 밖에서 들여다보는 인물이라는 평도 있었다. 퀸시는 소중한 인도자였다. 내 외부 조력자가 좋은 친구이자 프로듀서로 완벽한 선택이어서 정말 다행이었다. 퀸시의 지인들 중 선택할 만한 재주꾼이 많았고, 그는 영민할 뿐 아니라 경청하는 사람이었다.

원래《오프 더 월》앨범의 타이틀을《걸프렌드Girlfriend》로 정하려 했

베리 고디와 수전 드파세와 함께

퀸시 존스와 스티븐 스필버그가 E.T. 스토리북을 제작하고 있다.

다. 폴과 린다 매카트니Paul and Linda McCartney 부부는 나를 만나기도 전부터 나를 염두에 두고 타이틀곡을 썼다.

폴 매카트니는 내가 전화해서 히트곡들을 같이 쓰자고 말했다고 늘 사람들에게 말한다.

하지만 첫 만남은 그게 아니었다.

롱비치에 정박한 퀸 메리 호의 파티에서 폴을 처음 봤다. 그의 딸 헤더가 어디서 내 전화번호를 알아서 연락해 이 대형파티에 초대했다. 헤더가 우리 음악을 좋아해서 대화를 나누었다. 훨씬 지난 후에 폴 매카트니가 부인 린다와 조직한 밴드인《윙스Wings》가 미국 투어를 마치자, 폴과 가족은 로스앤젤레스에서 지냈다. 그들이 해롤드 로이드 저택에서 열린 파티에 나를 초대했다. 폴 매카트니와 나는 그 파티에서 처음 만났다. 수많은 사람들 속에서 악수를 나누었고 그가 말했다.

"자네를 위해 곡을 썼는데 말이지."

나는 무척 놀랐고 고맙다고 인사했다. 그러자 그는 이 파티에서 나에게《걸프렌드》를 불러주었다.

전화번호를 교환하고 곧 다시 만나자고 약속했지만, 프로젝트와 생활이 서로 달라서 2년간 연락하지 못했다. 결국 폴은《걸프렌드》를 자신의 앨범《런던 타운London Town》에 담았다.

《오프 더 월》앨범을 만들면서 아주 이상한 일이 벌어졌다. 어느 날 퀸시가 내게 걸어와서 "마이클, 자네한테 딱 맞는 노래를 구했어"라고 말했다. 그가《걸프렌드》를 연주했고, 물론 이 곡은 폴이 원래 내게 주려고 쓴 곡이었다. 그 말을 들은 퀸시는 깜짝 놀라고 기뻐했다. 우린 곧 곡을 녹음해서 앨범에 실었다. 믿기 힘든 우연이었다.

퀸시와 나는 《오프 더 월》에 대해 대화하고, 원하는 사운드를 세심하게 계획했다. 그가 어떻게 녹음하면 가장 좋겠는지 묻자, 나는 《잭슨스》와 다른 사운드를 만들어야 된다고 대답했다. 형제들이 《잭슨스》가 되기 위해 얼마나 고생했는지 생각하면 입 밖에 내기 어려운 말이었다. 하지만 퀸시는 내 의중을 간파했고, 우린 이 목표가 반영된 앨범을 만들었다. 대히트한 싱글 《록 위드 유Rock with You》가 내가 목표로 삼은 사운드였다. 내가 부르고 새로운 면을 보이기 위해 맞춤형으로 작업한 곡이었다. 퀸시가 그룹 《히트웨이브Heatwave》와 《부기 나이츠Boogie Nights》를 만들 때 작업한 로드 템퍼턴Rod Temperton은 몰아붙이는 센 편곡을 염두에 두고 곡을 썼었다. 하지만 퀸시는 강렬함을 줄이고 해변의 고동 속에서 나는 소리 같은 신디사이저 음을 넣었다. Q와 나, 둘 다 로드의 솜씨를 무척 좋아해서 결국 타이틀곡을 포함해 세 곡을 다듬어달라고 요청했다. 로드는 여러 면에서 기질이 비슷했다. 그도 나처럼 나이트라이프를 나가서 즐기기보다 그것에 대해 노래하고 곡을 쓰는 쪽을 편안해 했다. 사람들이 아티스트가 실제 경험이나 본인의 라이프 스타일을 반영해서 창작한다고 짐작하는 게 나로선 놀랍다. 때로 경험에서 끌어내는 부분도 있지만, 듣고 읽은 데서 아이디어를 얻어 곡을 만들기도 한다. 아티스트의 상상력은 가장 큰 도구다. 그 상상력은 사람들을 다른 곳으로 데려갈 뿐 아니라 원하는 분위기와 감정을 만들어낼 수 있다.

녹음실에서 퀸시는 편곡자들과 뮤지션들에게 생각을 표현할 자유를 허용했다. 물론 그의 주특기인 오케스트라 편곡만은 예외였다. 난 《데스티니》팀원인 그렉 필린가네스를 데려와서, 엔시노에서 같이 작업한 곡들을 매만지게 했다. 그렉과 파울리노 다 코스타도 다시 타악기를 맡았고, 동생 랜디는 《돈 스탑 틸 유 겟 이노프Don't Stop Till You get Enough》에서 카메오로 깜짝 등장했다.

퀸시는 놀라운 사람이고 시키는 대로 하는 예스맨을 선택하지 않는다. 난 평생 프로들 속에서 지낸 터라 누가 계속 현상 유지하려고 애쓰는지, 누가 창작할 수 있는지, 누가 공동의 목표를 지향하면서 가끔 건설적으로 싸울 줄 아는지 구분한다. 《썬더 썸스Thunder Tumbs》의 루이스 존슨Louis Johnson이 함께 했다. 그는 《브라더스 존슨Brothers Johnson》 앨범 작업 때 퀸시와 함께 작업했었다. 또 와와 왓슨Wah Wah Watson, 말로 헨더슨Marlo Handerson, 데이비드 윌리엄스David Williams, 《크루세이더스 Crusaders》의 앨범에서 기타를 연주한 래리 칼턴Larry Carlton으로 구성된 올스타팀이 함께 했다. 조지 듀크George Duke, 필 업처치Phil Upchurch, 리처드 히스Richard Heath는 재즈·펑크계의 일인자들이었지만, 이 음악이 익숙한 영역과 다르다는 내색을 하지 않았다. 퀸시와 나는 작업과 관련해 관계가 좋아서, 계속 책임을 나누고 서로 상의했다.

브라더스 존슨과 작업했지만, 퀸시는 《오프 더 월》이전에 댄스 뮤

직을 많이 만들어보지 않았다. 그래서《돈 스탑 틸 유 겟 이노프》《워
킹 데이 앤 나이트Working Day and Night》《겟 온 더 플로어Get on the Floor》의
경우 그렉과 내가 퀸시의 녹음실에서 사운드의 벽을 더 두텁게 쌓았
다.《겟 온 더 플로어》는 싱글곡이 아니었다. 하지만 루이스 존슨이
바탕을 매끈하게 깔아서 내가 가사를 잘 타고 들어갔고 코러스마다
점점 강렬하게 노래할 수 있었다. 퀸시의 엔지니어인 브루스 스웨디
언Bruce Swedien이 그 믹스에 마지막 손질을 해서, 지금 들어도 만족스러
운 곡이다.

《워킹 데이 앤 나이트》는 파울리노가 뽐내는 곡이고 내 보컬은 뒤
에서 그의 여러 재주에 보조를 맞춘다. 그렉은 일렉트릭 피아노를 완
전한 어쿠스틱 톤으로 맞춰 준비해서 여운이 있는 에코를 만들어내
려 했다. 서정적인 주제는《데스티니》의《더 씽크 아이 두 포 유The
Things I Do for You》와 비슷하지만, 앞에서 말한 대로 세련된 곡이라서 난
간결하면서 사운드가 노래를 돋보이게 하고 싶었다.

《돈 스탑 틸 유 겟 이노프》는 베이스 위에 대사 인트로로 긴장감을
주면서 몰아치는 현악기와 타악기로 놀라움을 주려고 했다. 또 이 곡
이 독특한 것은 내 보컬 음역대 때문이었다. 그 곡에서 그룹처럼 소
리를 겹쳐 녹음했다. 솔로 목소리에 담지 못하는 강렬한 부분을 머릿
속에서 들리는 음악에 맞춰서 썼다. 그래서 가창도 이런 음역대가 되
게 했다. 마지막에 퀸시가 기타를 아프리카의 손가락 피아노인 칼림
바kalimbas처럼 두드리면서 잦아들게 한 효과는 기가 막혔다. 내게 큰

의미가 있었던 것은 완전한 첫 자작곡 노래여서였다. 《돈 스탑 틸 유 겟 이너프》는 처음으로 큰 기회였고 1위로 직행했다. 내게 첫 그래미 상을 안겨준 곡이기도 했다. 퀸시는 나를 믿고 녹음실에 혼자 들어가 게 했고 그게 성공을 일궈냈다.

《오프 더 월》을 마이클 잭슨 앨범으로 만든 것은 발라드 곡들이었 다. 《잭슨스》도 발라드를 했지만, 형제들은 별로 관심이 없었고 내 취 향을 존중해서 작업하는 정도였다. 《오프 더 월》에는 《걸프렌드》와 더불어 《아이 캔트 헬프 잇I Can't Help It》이라는 멜로디가 나른하고 매력 적인 곡이 실렸다. 기억하기 쉽고 노래하기에 재미있었지만, 《록 위드 유》같이 부드러운 노래보다는 경박한 구석이 있었다.

가장 히트한 두 곡은 《오프 더 월》과 《록 위드 유》였다. 빠른 댄스 곡은 압도적이지만, 나는 수줍은 아가씨가 두려움을 억지로 몰아내 게 하기보다는 스스로 떨치도록 부드럽게 달래는 게 좋았다. 《오프 더 월》에서 고음으로 돌아갔지만 《록 위드 유》는 더 자연스러운 사운 드가 요구되었다. 파티를 열면 두 곡이 사람들이 찾아오게 하고, 더 강렬한 부기 곡들은 모두 좋은 기분으로 집에 가게 할 것 같았다. 또 《쉬스 아웃 오브 마이 라이프She's Out of My Life》가 있었다. 너무 개인적인 곡이어서 파티에는 적당치 않았다.

내게 맞는 노래였다. 때로 잘 아는 사이여도 데이트 상대의 눈을 보 기가 어렵다. 데이트와 연애는 내가 기대하는 해피 엔딩이 되지 않았 다. 늘 걸림돌이 있었다. 수백만 명과 나누는 감정은 한 사람과 나누는 감정과 다르다. 많은 여성들은 내가 그런 행동을 하는 이유를 알고 싶어 한다. 그리고 내 머릿속에 들어오려고 한다. 그들은 나를 고독에서 구제하고 싶어 하지만, 난 그들이 내 고독을 공유하려 한다는 인상을 받는다. 누구와도 그러고 싶지 않다. 난 세상에서 가장 외로운 사람이니까.

《쉬즈 아웃 오브 마이 라이프》는 나와 타인들 사이의 장벽이 낮고 쉽게 넘을 수 있을 것 같지만 여전히 거기 있고, 내가 진정 갈망하는 것이 시야에서 사라진다는 내용이다. 탐 발러Tom Bahler가 예전 브로드웨이 뮤지컬에 나오는 음악 같은 멋진 브릿지를 작곡했다. 사실 그런 문제들은 쉽게 해결되지 않고, 노래는 문제가 극복되지 않는다는 사실을 보여준다. 너무 우울한 곡이어서 음반의 처음이나 마지막에 넣을 수가 없었다. 그런 이유로 스티비의 곡이 꽉 닫힌 문을 여는 것처럼 가만가만 조심스럽게 나올 때 난 안도할 수 있었다. 로드의《번 디스 디스코 아웃Burn This Disco Out》이 음반을 마무리하면서 환상은 깨진다.

하지만 난《쉬즈 아웃 오브 마이 라이프》에 너무 몰두했다. 이 곡의 경우 가사가 마치 실화 같았기에 갑자기 가사에 푹 빠져서 노래를 끝내고 울었다. 내 안에 쌓인 게 너무 많았다. 스물한 살이었고, 경험은 무척 풍부한 반면 진정한 기쁨을 누린 순간은 너무 짧았다. 가끔 내 인생 경험이 서커스단의 요술 거울에 비친 이미지 같다고 상상한다. 어느 부분은 뚱뚱하고 어느 부분은 사라질 정도로 가늘다.《쉬즈 아웃 오브 마이 라이프》에 그게 드러날까 염려했지만, 그게 사람들의 심금을 울린다는 걸 알면 덜 외로울 것 같았다.

녹음 후 감정적으로 무너졌을 때 그곳에는 퀸시와 브루스 스웨디언만 있었다. 내가 양손에 얼굴을 묻자 웅하는 기계음만 들렸고, 내 흐느낌이 메아리쳤다. 나중에 사과하니, 그들은 그럴 필요 없다고 말했다.

《오프 더 월》이 결국 성공했지만, 음반을 만든 시기는 내 인생에서 가장 힘든 때였다. 당시 가까운 친구가 없어서 소외감을 느꼈다. 너무 외로워서 동네를 걸으면서, 누군가 대화를 나누고 친구가 될 사람을 만나기를 바랐다. 내가 누구인지 모르는 사람들을 만나고 싶었다. 마이클 잭슨이라서가 아니라 내가 마음에 들어서, 친구가 필요해서 친구가 되려는 사람과 만나고 싶었다. 동네에서 누구든 만나고 싶었다. 동네 아이들이라도, 아니면 그 누구라도.

성공은 분명히 고독을 가져온다. 그건 사실이다. 사람들은 성공한 사람을 행운아라고, 모든 걸 가졌다고 생각한다. 그가 어디든 가고 뭐든 할 수 있는 줄로 알지만 그렇지 않다. 기본적인 것들에 허기진다.

지금은 이런 일들에 적응하는 걸 배우고 예전처럼 낙심하지 않는다.

학창 시절 여자 친구가 한 명도 없었다. 귀여운 아이들은 있었지만 다가가기가 그렇게도 어려웠다. 왜 그랬는지는 모르겠지만 너무 창피해서 가까이 가는 것이 미친 짓 같았다. 나한테 잘 해준 여자애가 한 명 있었다. 그 아이가 좋았지만 수줍어서 말하지 못했다.

진짜 첫 데이트 상태는 테이텀 오닐Tatum O'Neal이었다. 우리는 선셋 스트립에 있는 《온 더 락스On the Rox》라는 클럽에서 만났다. 전화번호를 교환했고 자주 통화했다. 나는 테이텀에게 몇 시간이고 이야기했다. 길에서, 녹음실에서, 집에서. 첫 데이트로 휴 헤프너Hugh Hefner의 플레이보이 맨션에서 열린 파티에 갔다. 즐거운 한때를 보냈다. 테이텀은 《온 더 락스》에서 처음 만났을 때 내 손을 잡았다. 당시 내가 테이블에 앉아 있는데, 갑자기 부드러운 손이 다가와 내 손을 잡는 게 느껴졌다. 테이텀이었다. 남들은 별일 아니게 느꼈을 테지만 내게는 진지한 일이었다. 테이텀이 나를 만진 것이었다. 난 그렇게 느꼈다. 투어 중에 여자 팬들이 늘 나를 만졌다. 안전 요원들 뒤에 내 몸을 틀어쥐고 소리쳤다. 하지만 이건 달랐다. 일대일의 관계였고, 언제나 그게 가장 좋다.

우린 정말 가까운 관계로 발전했다. 나는 테이텀을 (그녀도 나를) 사랑했고, 오랫동안 아주 친하게 지냈다. 결국 관계는 좋은 친구 사이로 넘어갔다. 지금도 가끔 대화하고, 테이텀을 다이애나 이후에 내 첫사랑이라고 말할 수 있다. 다이애나 로스가 결혼한다는 소식을 듣고 반가웠다. 결혼하면 그녀가 정말 즐겁게 지내리란 걸 알았으니까. 하지만 다이애나가 내가 모르는 남자와 결혼하는데도 짐짓 기쁜 체 하려니 힘들었다. 그녀가 행복하기를 바랐지만, 고백하건대 마음이 아프고 좀 샘이 났다. 항상 다이애나를 사랑했고 언제까지나 그럴 테니까.

다른 애인은 브룩 쉴즈Brooke Shields였다. 한동안 진지하게 연애했다.

내 인생에 멋진 여성들이 많았지만 그들은 이 책의 독자에게 말하는 것은 무의미하다. 유명인이 아니라서 지면에 오르내리는 데 익숙하지 않은 사람들을 언급하는 것은 온당치 않다. 내 프라이버시가 중요한 만큼 그들의 프라이버시도 존중하고 싶다.

리자 미넬리Liza Minelli는 늘 소중한 우정을 나누는 사람이다. 그녀는 내 연예계 누이 같다. 같이 어울리고 비즈니스를 상의한다. 자연스럽게 흘러간다. 둘 다 다양한 연기와 노래와 댄스를 하면서 먹고 자고 마신다. 같이 최고의 시간을 보낸다. 리자를 사랑한다.

《오프 더 월》을 끝낸 후 곧장 형제들과《트라이엄프》앨범에 착수했다. 우린 두 앨범을 묶어서 투어하고 싶었다.《캔 유 필 잇Can You Feel It?》은 앨범의 첫 곡이었고,《잭슨스》가 해온 록 음악의 느낌에 가장 가까웠다. 댄스 음악은 아니었다. 우린 투어를 열 비디오를 염두에 두었다. 2001년 테마《짜라투스트라는 이렇게 말했다Also Sprach Zarathustra》와 비슷했다. 잭키와 나는 가스펠/어린이 합창 분위기에 밴드 사운드를 섞으려고 생각했었다. 어찌 보면 이것은 갬블과 허프에게 보내는 인사였다. 사랑이 퍼져서 세상의 죄를 씻는 것을 기리는 노래였으니까. 랜디는 자신의 음역에 만족 못했지만 가창력이 아주 좋다. 우리가 연주할 때마다 랜디의 호흡과 꺾임은 나를 펄쩍펄쩍 뛰게 했다. 밝은 안개 속에서 울리는 경적 같은 키보드가 있어서, 나는 원하는 소리를 얻을 때까지 몇 시간이고 계속 연주했다. 우리는 6분간 연주했고 1초도 너무 길지 않게 딱 맞았다.

《러블리 원Lovely One》은 《쉐이크 유어 바디(다운 투 더 그라운드)》의 연장으로 더 가벼운 《오프 더 월》 사운드를 담았다. 난 재키의 《유어 웨이스Your Ways》에 키보드로 아스라이 연주해서 더 신선하게 천상의 소리를 내려 했다. 파울리노는 온갖 무기를 들고 왔다. 트라이앵글, 스컬, 공 등등. 이 곡은 어느 오묘한 여자가 본연의 모습을 지키기 때문에 내가 어떻게 할 수 없고 그대로 누릴 수밖에 없다는 내용이다.

《에브리바디Everybody》는 마이크 맥킨니Mike Mckinney가 비행기가 방향 바꿔 돌진하듯 추진력을 발휘해, 《오프 더 월》의 댄스곡들보다 장난스럽다. 백그라운드 보컬은 《겟 온 더 플로어스》의 느낌을 보이지만, 퀸시의 사운드는 더 깊어서 마치 폭풍의 눈 같다. 그리고 우리의 사운드는 유리 엘리베이터를 타고 내려다보면서 수월하게 꼭대기로 쑥 올라가는 것 같다.

《타임 웨이츠 포 노 원Time Waits for No One》은 잭키와 랜디가 내 목소리와 스타일을 염두에 두고 썼다. 그들은 《오프 더 월》의 작곡가들과 보조를 맞추려고 노력했고 무척 훌륭하게 해냈다.

《기브 잇 업Give It Up》은 멤버 전원에게 노래할 기회를 주었다. 특히 말론. 이 트랙들은 밴드 사운드에서 벗어나 필라델피아 스타일로 돌아간 스타일로 연주했다.

《워크 라이트 나우Walk Right Now》와 《원더링 후Wondering Who》는 《데스티니》 사운드에 더 가까웠지만, 사공이 많아 배가 산으로 간 것 같은 부분이 많았다.

예외가 있었다. 그것은 바로《하트브레이크 호텔Heartbreak Hotel》. 맹세컨대 내 머릿속에서 나온 구절이고 곡을 쓰면서 다른 노래[11]를 염두에 두지 않았다. 음반사는 엘비스와의 연관성 때문에 커버에《디스 플레이스 호텔This Place Hotel》이라고 프린트했다. 엘비스가 백인, 흑인 가릴 것 없이 음악에서 중요한 인물이지만, 내게는 영향을 미치지 않았다. 나보다 너무 먼저 나온 인물이었다. 영향을 받지 않은 가장 큰 이유는 타이밍이었을 것이다. 우리 노래가 나왔을 때, 사람들은 내가 계속 격리되어 살면 엘비스처럼 죽을 거라고 떠들었다. 내 쪽에서 보면 평행이론 같은 건 없다. 그런 공포 분위기를 조성하는 말 따위는 개의치 않았다. 그래도 그런 전철을 밟고 싶지 않아서 그가 자신을 망가뜨린 방식에는 관심을 두었다.

167

라토야에게 노래 도입부에 비명을 질러달라고 요청했다. 처음 녹음하는 입장에서는 그리 멋진 출발이 아니겠지만, 누나는 녹음실에 들어섰다. 이후 멋진 녹음을 했고 상당한 성과를 거두었다. 비명은 흔히 악몽을 깨는 소리지만, 우리의 의도는 꿈이 시작되어 듣는 사람이 꿈인지 현실인지 의아하게 만드는 것이었다. 그런 효과를 냈다고 생각한다. 여성 코러스 세 명은 내가 원하는 소름끼치는 효과음을 내면서 즐거워했지만, 정작 혼합된 소리를 듣고는 꽤 놀랐다.

《하트브레이크 호텔》은 내 자작곡 노래들 중 가장 야심찬 곡이었

---

11 엘비스 프레슬리가 부른 같은 제목의 곡이 있다. 옮긴이 주.

다. 다양한 수준의 노래로 만들었다. 춤을 출 수도 있고 따라 부를 수도 있고, 겁을 먹을 수도 있고 그냥 들을 수도 있는 곡이었다. 듣는 사람을 안도시키기 위해 느린 피아노와 첼로 종결부로 긍정적인 느낌으로 마무리해야 했다. 안전하고 편한 느낌을 되돌려줄 뭔가가 없다면, 사람을 겁나게 몰고 가는 것은 소용없는 짓이다. 《하트브레이크 호텔》에는 복수심이 담겨 있었고, 나는 복수라는 개념에 매료된다. 그건 내가 이해할 수 없는 개념이다. 누군가 저지른 일이나 그가 나에게 했다고 의심되는 일 때문에 그 대가를 치르게 하는 개념은 내게 영 낯설다. 그런 내용은 나 자신의 두려움을 드러냈고, 처음으로 남의 도움을 받아 가라앉혔다. 연예계에는 피에 굶주린 상어 같은 부류가 너무 많았다.

이 곡과 나중의 《빌리 진》이 여성들을 호의적으로 조명하지 않았더라도, 개인적인 견해를 드러낼 의도는 없었다. 두말 하면 잔소리겠지만 나는 이성간의 교류를 좋아한다. 그것은 내 삶의 자연스러운 일부고 난 여성들을 사랑한다. 다만 섹스가 위협이나 힘의 형태로 이용된다면, 그것은 신의 선물을 추악하게 쓰는 것이다.

승리감 덕에 아쉬움 없는 완벽한 쇼를 준비하는 데 필요한 마지막 힘을 얻었다. 투어 밴드와 리허설을 시작했고, 밴드에는 베이스 연주자인 마이크 맥킨니가 포함되었다. 데이비드 윌리엄스도 같이 투어를 하곤 했지만, 그는 이제 밴드의 붙박이 멤버였다.

다가올 투어는 대규모 공연이 될 터였다. 뛰어난 마술사 둑 헤닝 Doug Henning이 특수 효과를 준비했다. 나는《돈 스탑Don't Stop》을 부른 직후 연기에 휩싸여 사라지고 싶었다. 헤닝은 무대 장치를 책임진《쇼코Showco》직원들과 함께 특수 효과 장치를 해야 했다. 리허설을 할 때 그와 대화하는 것은 유쾌했다. 그가 내게 비밀을 공개하는 것은 불공평한 일 같았다. 우리가 그 대가로 별도의 비용을 지급하지 않았으니까. 그런 상황이 좀 멋쩍었지만 멋진 쇼를 펼치고 싶었고, 헤닝이 크게 기여할 줄 알았다. 우린《어스, 윈드, 파이어 앤 코모도스Earth, Wind, Fire and the Commodores》같은 밴드와 1위 밴드 자리를 놓고 경쟁했고, 잭슨 형제들이 10년이나 활동했기에 이제는 끝물이라고 보는 이들이 있다는 걸 알았다.

170

투어를 앞두고 무대 설치에 몰두했다. 스티븐 스필버그Steven Spielberg의《미지와의 조우Close Encounters》같은 분위기가 났다. 나는 우주와 시간 너머에도 삶과 의미가 있음을 선언하고 공작새를 더 화려하고 당당하게 등장시켰다. 우리 필름에 이 아이디어가 반영되기를 바랐다.

리듬, 기술 발전,《오프 더 월》의 성공에 따른 자부심은 1979년 그래미상 후보가 발표되면서 큰 타격을 입었다.《오프 더 월》이 그 해의 최고 인기 음반들에 들어갔지만, 겨우 한 부문 후보에 올랐다. 최고 알앤비 가수상. 그 소식을 들은 장소를 기억한다. 동료들에게 무시당한 기분이었고 상처를 입었다. 나중에 음악업계도 놀랐다는 얘기를

들었다.

실망에 빠졌다고 곧 나올 앨범을 생각하니 기운이 났다. 혼잣말로 "다음을 기다려 봐!"라고 중얼댔다. 그들도 다음 앨범을 무시하지 못할 터였다. 텔레비전으로 시상식을 보았고 내가 후보인 부문에서 상을 받아 기분이 좋았다. 그래도 동료들에게 퇴짜 맞은 기분이라 언짢았다. 계속 "다음이야, 다음!"이라고 되뇌었다. 여러 면으로 아티스트는 곧 작품이다. 둘을 분리하기 어렵다. 나는 곡을 만들 때 지독하게 객관적이 될 수 있고, 곡이 잘 안 풀리면 그렇게 느낄 수 있다. 하지만 마무리된 앨범이나 곡을 선보일 때는 내가 가진 모든 힘과 신이 준 재능을 다 쏟았다고 자신할 수 있다. 《오프 더 월》이 팬들에게 큰 호응을 받았기에 그래미 후보 일이 속상했다. 그 경험은 내 영혼에 불을 당겼다. 오로지 다음 앨범과 그것을 어떻게 할 것인가만 생각났다. 진짜 제대로 만들고 싶었다.

"아티스트는 곧 작품이다. 둘을 분리하기 어렵다. 나는 곡을 만들 때 지독하게 객관적이 될 수 있고, 곡이 잘 안 풀리면 그렇게 느낄 수 있다. 하지만 마무리된 앨범이나 곡을 선보일 때는 내가 가진 모든 힘과 신이 준 재능을 다 쏟았다고 자신할 수 있다."

마이클 잭슨

EARTBREAK HOTEL

Music by MICHAEL JACKSON   Recorded by THE JACKSONS on Epic Records

MICHAEL   TITO   RANDY   JACKIE   MARLON

제5장

문워크

《오프 더 월》이 출시된 1979년 8월, 스물한 살이 되어 내 일을 스스로 처리했고 그것은 내 삶의 주요 지표였다. 내겐 의미가 컸다. 음반의 성공은 어린이 스타가 동시대인들에게 통하는 음반 가수가 될 수 있느냐는 의심을 증명한 셈이었다. 또《오프 더 월》은 우리가 만든 댄스 그루브를 한 걸음 넘어섰다. 프로젝트를 시작할 때 퀸시와 나는 음반에 열정과 강렬한 감정을 담는 게 얼마나 중요한지 의논했다. 그것이 발라드 곡《쉬즈 아웃 오브 마이 라이프》에서 성취되었고,《록 위드 유》역시 정도는 덜 하지만 그런 의도가 담겼다고 생각한다.

돌아보면 전체적인 그림을 볼 수 있고,《오프 더 월》이《스릴러Thriller》가 될 앨범을 준비시켰음을 알 수 있다. 퀸시, 로드 템퍼턴을 비롯해《오프 더 월》에서 연주한 많은 뮤지션들이 내가 오랜 꿈이 이루어지게 도와줄 터였다.《오프 더 월》은 미국에서 6백만 장쯤 판매되었지만, 난 더 많이 팔릴 앨범을 만들고 싶었다. 어릴 때부터 역사상 최고

베스트셀러 음반을 만드는 꿈을 꾸었다. 어려서 수영하러 가면 물에 뛰어들기 전에 소원을 빌었다. 내가 업계에서 성장했고, 목표를 이해했고, 뭐가 가능하고 불가능한지 듣고 자랐음을 기억하기를. 특별한 일을 하고 싶었다. 생각을 우주로 쏘아 올리듯 양팔을 쭉 펴고 소원을 빈 후에 물속으로 다이빙하곤 했다. 물에 들어갈 때마다 자신에게 말했다.

"이게 내 꿈이야. 이게 내 소원이야."

나는 소원의 힘을 믿고, 소원을 실현하는 사람의 능력을 믿는다. 정말 그렇다. 일몰을 볼 때마다 태양이 서쪽 수평선을 넘어 사라지기 전에 소리 없이 소원을 빈다. 태양이 내 소원을 가져가는 것 같다. 마지막 빛이 사라지기 직전에 소원을 말한다. 소원은 소원 그 이상이다, 목표다. 의식과 잠재의식은 소원이 현실이 되게 도와줄 수 있다.

《스릴러》를 작업하면서 퀸시, 로드 템퍼턴과 녹음실에 있던 순간이 기억난다. 내가 핀볼 머신 게임을 하는데 한 사람이 물었다.

"이 앨범이 《오프 더 월》만큼 잘 되지 않으면 실망할 거야?"

나는 낙심했다. 그런 궁금증이 생긴 것 자체가 속상했다. 두 사람에게 《스릴러》는 《오프 더 월》보다 나아야 된다고 말했다. 이 앨범이 역사상 최고 판매를 기록하면 좋겠다고 털어놓았다.

그들이 웃기 시작했다. 실현 불가능한 바람으로 보였다.

《스릴러》 프로젝트를 하면서 팀원들에게 내가 어떤 사람인지 알릴 수 없어서 속상하거나 감정이 격해지곤 했다. 요즘도 이따금 그런 일이 벌어진다. 사람들이 내가 보는 것을 보지 못하기 때문이다. 그들은 의심이 너무 많다. 자신을 의심하면 최선을 다하지 못한다. 내가 나를 못 믿는데 누가 믿어줄까? 지난 번에 해낸 만큼만 하는 걸로는 부족하다. 그것은 "할 수 있는 만큼만 하자"라는 정신 상태일 것이다. 능력 발휘나 발전을 할 필요가 없어진다. 내게는 어림없는 태도다.

난 사람들이 강하지만 정신력을 최대한 발휘하지 않는다고 믿는다. 정신력은 원하는 것은 뭐든 이루게 해줄 만큼 강력하다. 난 그 음반을 통해 뭘 할 수 있는지 배웠다. 거기 뛰어난 능력과 아이디어가 넘치는 팀이 있었고, 난 우리가 뭐든 할 수 있다는 걸 알았다. 《스릴러》의 성공은 내 많은 꿈들을 현실로 만들었다. 역사상 최대 판매 앨범이 되었고, 그 사실이 《기네스북 세계 기록The Guinness Book of World Records》의 표지에 실렸다.

《스릴러》 앨범을 만들면서 무척 힘들었지만, 뿌린 대로 거둔다는 말을 실감했다. 난 완벽주의자다. 쓰러질 때까지 일한다. 그 앨범을 정말 열심히 만들었다. 퀸시는 작업하면서 큰 자신감을 보였다. 《오프 더 월》을 준비하면서 그에게 나를 증명해 보였던 것 같다. 그때도 퀸시는 내 말을 귀담아듣고 앨범이 내 바람대로 되도록 도와주었지만, 《스릴러》를 제작하면서는 내게 훨씬 큰 신뢰감을 보였다. 내가 그 음반을 만들 자신감과 경험을 겸비했다는 걸 그는 감지했다. 그래서 종종 녹음실에 나타나지 않았다. 난 일에 대해서는 자신감이 넘친다. 프로젝트에 들어가면 백 퍼센트 확신한다. 내 영혼을 쏟는다. 그 일에

1987년, 세계 순회공연이 시작되었다.

목숨을 건다. 그게 내 방식이다.

퀸시는 앨범에 템포가 빠른 곡과 느린 곡의 균형을 잡는 능력이 뛰어나다. 우린 로드 템퍼턴과 《스릴러》 앨범에 수록할 곡들을 작업하기 시작했다. 원래 앨범 타이틀은 《스타라이트 Starlight》였다. 내가 곡을 쓰는 사이 퀸시는 적당한 곡을 찾으려고 다른 사람들의 곡들을 들었다. 그는 내가 뭘 좋아할지, 어떤 게 도움이 될지 기가 막히게 안다. 앨범 제작에 대해 같은 철학을 가졌다. 우린 앨범 B면이나 들러리 곡 같은 건 믿지 않는다. 모든 곡이 자체로 싱글로 내세울 수 있어야 하고, 우린 늘 그렇게 밀고 나간다.

내 곡들을 마무리하고도, 다른 작곡가들의 곡을 보기 전까지 퀸시에게 내놓지 않았다. 내 첫 곡 《스타팅 썸싱 Startin' Something》은 《오프 더 월》을 만들면서 썼지만 퀸시에게 내주지 않았었다. 종종 마음에 드는 곡을 쓰고도 남에게 보이지 못한다. 《스릴러》를 만들 때 심지어 《비트 잇 Beat It》도 오래 갖고 있다가 퀸시에게 들려주었다. 그는 근사한 록 곡을 앨범에 넣어야 된다고 계속 강조했다. 그가 말했다.

"도대체 어디 있나? 자네가 갖고 있는 걸 안다고."

난 내 노래들이 마음에 들지만 처음에는 남들에게 들려주는 게 부끄럽다. 그들이 좋아하지 않을까 겁나고, 그렇다면 속상한 경험이다.

마침내 퀸시의 설득에 넘어가서 갖고 있는 곡을 들려주었다. 《비트 잇》을 연주했더니 그는 넋이 나갔다. 나는 세상을 다 얻은 기분을 느꼈다.

《스릴러》의 작업을 시작하면서 런던의 폴 매카트니에게 전화해서, 이번에는 "우리 같이 모여서 히트곡을 만들죠"라고 말했다. 합작해서 《세이 세이 세이Say Say Say》와 《더 걸 이스 마인The Girl Is Mine》을 만들었다.

결국 퀸시와 나는 《스릴러》의 첫 싱글 곡으로 《더 걸 이스 마인》을 선택했다. 사실 선택의 여지가 별로 없었다. 그렇게 한 앨범에 강력한 두 이름이 올라가면 전면에 내세워야지 그렇지 않으면 지긋지긋하게 재생되어 과잉 노출되고 만다. 그런 상황은 막아야 했다.

폴에게 연락한 것은 《오프 더 월》에 그가 《걸프렌드》로 기여한 걸 보답하고 싶어서였다. 《더 걸 이스 마인》을 쓸 때 폴과 내 목소리에 잘 맞으리란 걸 알았다. 우린 《세이 세이 세이》도 작업했지만, 나중에 비틀스의 프로듀서였던 조지 마틴George Martin과 마무리했다.

《세이 세이 세이》는 폴과 공동으로 썼다. 그는 녹음실에 있는 모든 악기를 다루고 모든 부분을 악보로 만들 수 있는 사람이고, 꼬마인 나는 그러지 못했다. 하지만 우린 동등하게 즐겁게 작업했다. 그 녹음실에서 폴이 나를 끌고 갈 필요가 없었다. 협업 덕분에 난 자신감 면에서 한걸음 나갈 수 있었다. 거기에 나를 지켜보고 실수를 고쳐주는 퀸시가 없었기 때문이다. 폴과 나는 팝송이 어떻게 흘러가야 되는지 공감했고 함께 한 작업은 정말 큰 복이었다. 존 레논John Lennon의 사망 이후, 폴은 세상이 안겨준 가당치 않은 기대감에 부응하며 살아야 했을 것이다. 폴 매카트니는 음악계와 팬들에게 정말 많은 것을 베풀며 산다.

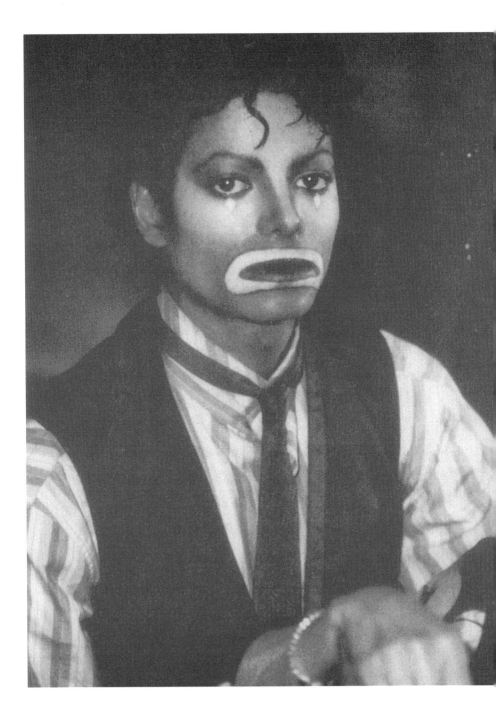

「세이 세이 세이」비디오에서 누나 라토야와 함께

결국 나는 ATV 뮤직 퍼블리싱 카탈로그를 사들였다. 거기에 레논과 매카트니의 노래가 다수 포함되었다. 하지만 내가 폴의 소개로 음악 출간에 관여한 걸 아는 사람이 없다. 시골에 있는 폴의 집에서 부부와 지낼 때였다. 폴은 음악 출판에 관여한다고 말했다. 그러면서 표지에 MPL이라고 찍힌 작은 책자를 내밀었다. 내가 책을 펼치자 그가 씩 웃었다. 내용을 보고 내가 흥분할 거라고 폴은 예상했다. 거기 폴이 보유한 곡들과 오랫동안 저작권을 구입한 곡들의 목록이 있었다. 레논과 매카트니의 곡 다수가 포함된 ATV 카탈로그가 시장에 나오자 나는 응찰하기로 결정했다.

내가 보기에 난 얼떨결에 사업가가 된 뮤지션이다. 폴과 나는 둘 다 사업의 어려움을 잘 알았다. 또 출판과 저작권의 중요성과 자작곡의 위엄을 알았다. 자작곡은 팝 음악의 생명으로 대접받아야 한다. 창작 과정은 시간 소요나 배분시스템과 상관없이 영감과 그것을 추구하는 의지와 관계된다. 들어본 적도 없는 사람에게 《더 걸 이즈 마인》 때문에 고소당하자, 나는 평판을 지키기로 결심했다. 내가 많은 아이디어를 꿈에서 얻는다고 밝히자, 일각에서는 책임을 회피하는 핑계로 여겼다. 워낙 소송이 난무하는 업계이니, 하지도 않은 일로 고소당하는 건 아마추어 재능경연 우승 같은 통과의례일 뿐이다.

내가 붙인 제목은 《빌리 진》이었지만 퀸시의 반대로 《낫 마이 러버Not My Lover》로 고칠 뻔 했다. 그는 테니스 선수인 빌리 진 킹Billie Jean King

이 연상될 거라고 걱정했다.

많은 사람들이 그 노래에 대해 묻지만 내 대답은 아주 간단하다. 어떤 여자가 내 아이를 낳았다고 우기지만 난 "아이가 내 아들이 아니기" 때문에 결백을 주장한다는 내용이다.

진짜 《빌리 진》은 없었다 (다만 그 노래 이후에 사람들이 나타났다). 노래 속 여자는 우리를 오랫동안 괴롭힌 이들을 합성한 인물이다. 형제들이 이런 일을 겪었고 나는 놀라곤 했다. 그 여자들이 사실이 아닌데도 아이를 가졌다고 말할 수 있는 게 이해되지 않았다. 그런 거짓말을 하는 걸 상상조차 못하겠다. 요즘도 우리 집 대문에 와서 "저, 내가 마이클의 아내예요"라거나 "우리 아파트 열쇠를 놓고 가려고요" 같은 어이없는 말을 하는 여자들이 있다. 우리를 기함하게 한 여자가 기억난다. 그녀는 정말 나와 사귄다고 믿는 것 같았다. 어떤 여자는 나와 잠자리를 했다면서 협박했다. 헤이벤허스트 가의 대문에서 두어 차례 소동이 벌어졌고 자칫 위험할 수도 있다. 사람들이 인터폰에 대고 예수님이 나랑 대화하라고 보냈다고, 하느님이 가라고 했다고 악을 쓴다. 예사롭지 않고 불안하게 하는 일들이다.

뮤지션은 히트할 곡을 안다. 딱 이거라고 느낀다. 모든 게 딱 맞다고. 그런 곡은 마음을 채우고 기분좋게 만든다. 《빌리 진》이 딱 그랬다. 곡을 쓰면서 대히트할 줄 알았다. 정말 그 곡에 푹 빠졌다. 녹음 기간 중 짬이 나자 같이 작업하던 넬슨 헤이스$^{Nelson Hayes}$와 벤투라 고속도로를 달렸다. 머릿속에 《빌리 진》이 맴돌아서 계속 그 생각만 했다. 고속도

189

로를 빠져 나왔는데, 오토바이에 탄 소년이 다가와서 말했다.

"차에 불이 붙었어요!"

갑자기 연기가 보여서 차를 세웠다. 롤스로이스의 바닥 전체에 불이 붙었다. 그 소년이 우리 목숨을 구했다. 차가 폭발했으면 죽을 수도 있었다. 하지만 나는 머릿속에 맴도는 곡조에 몰입한 나머지, 나중까지도 끔찍한 가능성에 무심했다. 도움을 얻어 다른 차편으로 목적지로 이동하는 와중에도 난 조용히 나머지 부분을 작곡했다. 그 정도로 《빌리 진》에 푹 빠져 있었다.

《비트 잇》을 쓰기 전, 사람들이 나가서 사고 싶을 만한 록 음악을 쓰고 싶다고 생각했다. 하지만 당시 라디오 탑 40에서 듣는 록 음악과는 완전히 달라야 했다.

《비트 잇》은 학생들을 염두에 두고 쓴 곡이다. 늘 아이들이 좋아할 곡을 만드는 게 좋았다. 아이들을 위해 곡을 쓰는 게 재미있다. 또 요구가 많은 청중인 그들이 뭘 원하는지 아는 것도 즐겁다. 아이들을 속일 수가 없다. 내게 가장 마음이 가고 중요한 청중이다. 차트 순위가 어떻든간에 아이들이 좋아하면 히트곡이다.

《비트 잇》의 가사는 내가 곤란에 빠질 경우 할 일을 표현했다. 메시지는 폭력을 혐오해야 된다는 것인데 내가 깊이 믿는 내용이다. 노래는 아이들에게 똑똑하게 굴고 곤란한 일을 피하라고 말한다. 누가 뺨을 때리면 다른 쪽 뺨을 내밀라는 뜻이 아니다. 하지만 뒤에 방패막이가 없고 선택할 수 있다면, 폭력이 일어나기 전에 피하라는 것이다. 싸워서 죽으면 아무 것도 얻지 못 하고 다 잃는다. 그렇게 죽은 사람은 패배자고, 그를 사랑하는 사람들도 마찬가지다. 그게 《비트 잇》이 말하려는 내용이다. 싸움 없이 다름을 정착시키고, 그런 해결이 가능하도록 지혜를 갖는 게 진정한 용기다.

에디 반 할렌Eddie Van Halen은 퀸시 존스의 전화를 받자 장난 전화로 오해했다. 연결 상태가 나빠서 전화한 사람이 가짜 퀸시인 줄 알았다. 꺼지라는 말과 함께 전화가 끊겼고, 퀸시는 다시 전화했다. 에디는 세션 연주를 하기로 했고, 《비트 잇》에서 놀라운 기타 솔로를 선보였다.

팀에 가장 늦게 합류한 멤버는 밴드 《토토Toto》였다. 그들은 《로잔나Rosanna》와 《아프리카Africa》를 히트시킨 밴드였다. 각자 유명한 세션 뮤지션들로 활동하다가 밴드를 결정했다. 풍부한 경험 덕에 녹음실 분위기에 익숙해서, 개성을 발휘할 때와 프로듀서의 리드에 따라 협조해야 될 때를 잘 구분했다. 스티브 포르카로Steve Porcaro는 《토토》의 키보디스트 활동을 쉬는 동안에 《오프 더 월》에 참여했었다. 이번에 그는 밴드 동료들을 합세시켰다. 음악 전문가들은 밴드 리더 데이비드 페이치David Paich의 아버지가 마티 페이치Marty Paich라는 사실을 안다. 마티는 레이 찰스Ray Charles가 《아이 캔트 스탑 러빙 유I Can't Stop Loving You》 같은 명품 음반들을 녹음할 때 참여한 뮤지션이었다.

나는 퀸시와 제임스 잉그램James Ingram이 쓴 《프리티 영 씽Pretty Young

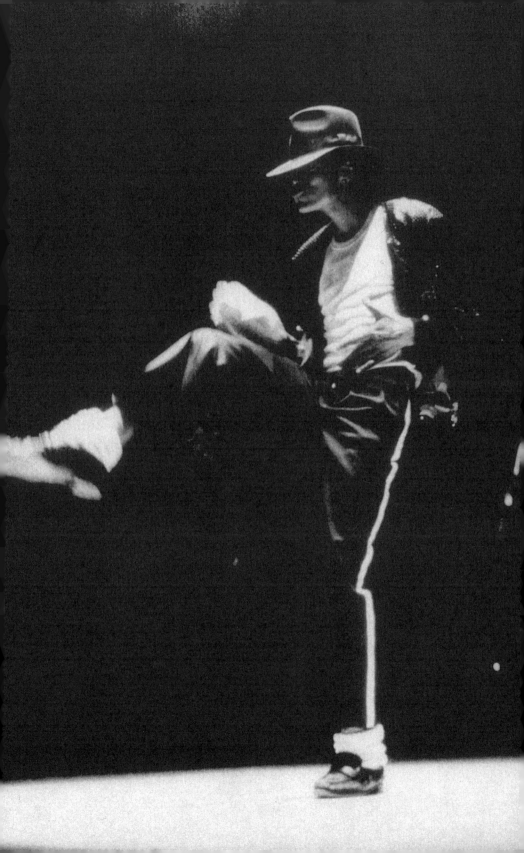

Thing》을 사랑한다. 《돈 스탑 틸 유 겟 이너프》는 대사 인트로에 대한 취향을 자극했다. 내 말하는 음성이 노래로 감출 정도는 아니라고 생각한 이유도 있었다. 내 말소리는 늘 나긋나긋했다. 그 소리를 개발하거나 일부러 고치지 않았다. 그게 나다. 그대로 쓰거나 버리거나 둘 중 하나다. 자연스럽고 신이 준 나의 일부를 비난 받으면 어떤 기분일지 상상해보기를. 언론이 거짓을 퍼뜨려서 받는 상처를 상상해보기를. 사람들에게 진실을 말하는 거냐고 의심받는 상처를. 누군가 좋은 기삿거리라고 결정해서 허위를 말하면 난 변명해야 된다. 사람들의 말을 부인해야 되고 그러면 다른 이야기가 생긴다. 과거에는 그런 헛소리를 묵살하려고 애썼다. 거짓과 거짓을 만드는 자들을 상대해주는 게 되니까. 기억하기를. 언론은 비즈니스다. 신문과 잡지는 돈벌이 비즈니스일 뿐이다. 때로는 정확성과 공정성과 진실까지 버리고 돈벌이에 혈안이 된다.

아무튼 《프리티 영 씽》의 인트로에서 지난 앨범보다 자신 있게 소리를 냈다. 가사 속 암호가 좋았고, 《텐더로니tenderoni》《슈가 플라이sugar fly》 같은 사전에 없는 록큰롤 스타일의 표현이 재미있었다. 이 노래를 위해 재닛과 라토야를 녹음실로 불렀고, 두 사람은 말 그대로 최상의 코러스를 해냈다 제임스 잉그램과 나는 이티 소리를 내는 《보코더Vocoder》라는 전자기기를 도입했다.

《휴먼 네이처Human Nature》는 《토토》 친구들이 퀸시에게 가져온 노래였다. 우리 둘 다 오랜 만에 들어본 정말 예쁜 멜로디라고 생각했다.

아프리카보다도 훨씬 아름다웠다. 이건 날개 달린 음악이다. "왜 그는 나한테 그런 식일까. 난 이렇게 사랑하는 게 좋은데"라는 가사를 두고 다들 내게 물었다. 흔히 가사가 내게 특별한 의미가 있다고 짐작하지만 그렇지 않은 경우가 많다. 사람들에게 닿는 것, 그들의 마음을 움직이는 것은 중요하다. 때로는 멜로디와 가사를 모자이크해서, 때로는 가사의 지적인 요소로 감동을 끌어낸다. 난 다이애나 로스를 위해 만들고 프로듀스한 곡 《머슬스Muscles》에 대한 질문 공세를 받았다. 그 곡으로 그녀에게 입은 큰 은혜에 일부나마 보답하는 평생의 꿈을 이루었다. 늘 다이애나를 사랑하고 존경해왔다. 그런데 《머슬스》는 내 애완뱀의 이름이다.

《더 레이디 인 마이 라이프The Lady in My Life》는 가장 애먹은 트랙이었다. 최대한 완벽한 보컬을 구현하려고 여러 번 녹음했지만, 퀸시는 내 작업에 만족하지 않았다. 문자 그대로 수십 번 녹음한 후에도 마찬가지였다. 결국 그가 나를 불러내서 애걸하면 좋겠다고 말했다. 딱 그렇게 말했다. 나더러 녹음실에 돌아가서 있는 그대로 애걸하라고. 그래서 들어가서 창피해하지 않으려고 불을 다 끄고, 녹음실과 조정실 사이에 커튼을 닫았다. 퀸시가 테이프를 틀자 나는 애걸했다. 그 결과는 여러분이 듣는 그루브 대로다.

결국 음반회사는 《스릴러》를 마무리하라고 엄청나게 압박했다. 음반사는 채근하자들면 정말 못살게 군다. 그들은 《스릴러》를 두고 우리를 심하게 몰아붙였다. 어느 날까지 준비가 되어야 한다고 못 박았다. 죽기 아니면 살기였다.

그래서 마감일을 지키기 위해 등골이 휘게 일했다. 여러 트랙을 믹스할 때, 또 어떤 트랙을 음반에 담을지 정하면서 적당히 타협했다. 이것저것 많이 빼서 앨범 전체를 잃을 뻔 했다.

마침내 회사에 넘겨줄 트랙들을 들었을 때 내 귀에 《스릴러》가 너무 형편없이 들려서 눈물이 차올랐다. 《스릴러》를 마무리하면서 같이 진행한 《이티 스토리북The E.T. Storybook》 역시 마감을 지켜야 해서, 우린 엄청난 압박에 시달렸다. 다들 서로 싸웠고, 《스릴러》의 믹스가 엉망이라는 속상한 사실을 깨달았다.

우린 녹음실인 할리우드의 《웨스트레이크 스튜디오Westlake Studio》에 앉아 앨범 전체를 들었다. 나는 낙심했다. 억눌렀던 감정이 터져 나왔다. 화가 나서 방에서 나왔다. 나는 팀원들에게 말했다.

"됐어요, 이 상태로는 출시하지 않을 거예요. CBS에 전화해서 이 앨범을 넘기지 않겠다고 말해요. 출시하지 않는다고요."

이게 아니라는 걸 알았으니까. 진행을 중단하고 작업을 점검하지 않았다면, 음반은 형편없었을 것이다. 제대로 검토되지 않았을 테고. 우리가 배웠듯이 훌륭한 앨범이라도 믹스하면서 망가질 수 있다. 좋은 영화를 촬영해놓고 마지막에 망치는 것과 비슷하다. 시간 여유를 가져야 한다.

서두르면 안 되는 일들이 있다.

음반사 사람들은 고함을 지르고 윽박질렀지만, 결국 똑똑했고 이해했다. 그들도 알았다. 다만 내가 먼저 말했을 뿐이었다. 결국 나는 전부 다시, 앨범 전체를 다시 믹스해야 된다는 것을 깨달았다.

우린 이틀간 쉬면서 숨을 고르고 물러나 있었다. 그러다가 새롭게 귀를 씻어내고 1주에 두 곡씩 믹스하기 시작했다. 짜잔! 하고 마무리되었을 때는 있는 힘껏 우리의 심금을 울렸다. CBS도 듣더니 전과 다르다는 걸 알았다. 《스릴러》는 어려운 프로젝트였다.

다 끝내자 날아갈 것 같은 기분이었다. 흥분하고 안달이 나서 출시까지 기다릴 수가 없었다. 작업을 끝내고 아무 파티도 하지 않은 기억이 또렷하다. 우린 디스코텍 같은 데 가지 않았다. 그냥 쉬었다. 진심으로 좋아하는 이들과 가만히 있는 게 더 좋다. 그게 내 축하 방식이다.

197

《스릴러》에서 나온 세 편의 비디오는 《빌리 진》《비트 잇》《스릴러》인데 내가 원래 생각한 앨범 콘셉트의 일부였다. 이 음악을 최대한 시각적으로 펼쳐 보이기로 작정했다. 당시 뮤직비디오들의 제작 과정을 보면서, 왜 대부분 원시적이고 맹탕인 결과가 나오는지 이해되지 않았다. 아이들이 지루한 뮤직비디오를 봐주는 것은 대안이 없기 때문이었다. 모든 분야에서 최선을 다하는 게 내 목표다. 그런데 앨범을 열심히 만들어놓고 초라한 비디오를 제작한다? 시청자를 꼼짝 않고 앉아 있게 할 비디오를, 반복해서 보고 싶은 비디오를 만들고 싶었다. 처음부터 고품격 비디오를 선보일 작정이었다. 그래서 새로운 미디어에서 선구자가 되고, 역량을 발휘해 최상의 짧은 뮤직 영화를 만들고 싶었다. 그걸 비디오로 부르는 것조차 못마땅하다. 촬영장에서 나는 영화를 찍을 거라고 설명했고, 그게 내 접근 방식이었다. 업계 최고의 재주꾼들이 필요했다. 섭외할 수 있는 최고 카메라맨, 최고 연출자, 최고 조명 감독. 비디오테이프가 아닌 35밀리 필름으로 찍었다. 우린 진지했다.

첫 비디오《빌리 진》을 만들 때 정말 독특한 연출자를 찾으려고 예 닐곱 명을 면접했다. 대부분 혁신적인 뭔가를 제시하지 못 했다. 내가 판을 크게 벌이려고 애쓸 때 음반사는 예산 문제를 안겨주었다. 누구 와도 돈 때문에 다투고 싶지 않아서 결국《비트 잇》과《스릴러》의 제 작비를 내가 감당하는 걸로 끝났다. 그 결과 두 영화의 판권을 내가 갖고 있다.

《빌리 진》은 CBS의 자금으로 완성되었는데 약 25만 달러가 들었 다. 당시 비디오 한 편의 제작비로 상당한 금액이었지만, 내가 흡족했 던 것은 회사가 그만큼 나를 믿어준 점이었다.《빌리 진》을 연출한 스 티브 바론Steve Baron은 처음에는 댄스를 넣는 데 동의하지 않았지만, 기 발한 아이디어를 많이 제시했다. 난 팬들이 댄스를 보고 싶어 한다고 느꼈다. 뮤직 비디오에서 춤추는 것은 근사했다. 내가 발끝으로 서 있 는 정지 화면은 자연스러웠고 다른 동작들도 마찬가지였다.

《빌리 진》비디오는 MTV 시청자들에게 깊은 인상을 주어서 대히 트했다.

《비트 잇》뮤직 비디오의 연출자는 상업 광고를 많이 만든 밥 지랄디Bob Giraldi였다. 내가 영국에 있을 때《비트 잇》이《스릴러》의 다음 발표 곡으로 정해졌고, 우린 비디오 연출자를 선택해야 했다.

《비트 잇》은 곡을 문자 그대로 해석해야 될 것 같았다. 거친 도심 거리에서 서로 부딪친 갱단들을 상상하며 곡을 썼다. 살벌해야 했다. 그게《비트 잇》의 이야기였다.

로스앤젤레스로 돌아와 밥 지랄디의 데모 테이프를 보고 내가 원하는《비트 잇》의 연출자라는 걸 알았다. 그가 이야기를 풀어간 방식이 마음에 쏙 들었다. 그래서 밥과《비트 잇》에 대해 의논했다. 우리 둘의 아이디어들을 비롯해 여러 사항들과 촬영 방식을 상의했다. 스토리보드를 만들어 다듬고 조각해나갔다.

《비트 잇》을 쓰면서 거리의 갱단을 염두에 두었기에, 로스앤젤레스에서 가장 험악한 갱들을 불러 모아 비디오를 촬영했다. 나중에 보니 좋은 아이디어였고 내게는 엄청난 경험이었다. 세트장에 험악한 아이들이, 진짜 험상궂은 아이들 몇 명이 있었고, 그들은 의상부에 가본 적이 없었다. 첫 장면에서 당구장에 있는 사람들은 심각했다. 그들은 배우가 아니었다. 다 실제였다.

그때까지 난 험악한 사람들을 접해보지 않았고, 처음에는 그들이 상당히 겁나게 굴었다. 하지만 안전요원을 배치해 사고에 철저히 대비했다. 물론 곧 이런 조치가 필요 없다는 걸 알게 되었다. 갱들은 대개 소탈하고 상냥했고, 우리에게 친절히 대했다. 쉬는 시간에 식사를 대접하면, 그들은 주위를 정돈하고 쟁반을 치웠다. 못 되고 험악하게 구는 것은 알아봐달라는 투정이라는 걸 알게 되었다. 그들은 세상이 쳐다보고 존중해주기를 바랐는데 이제 우리가 텔레비전에 나오게 해주었다. 그러니 다들 아주 좋아했다. "이봐, 나 좀 봐, 나 유명인사야!" 갱들이 험하게 구는 것은 그런 이유 때문일 것이다. 그들은 반항아들이고, 관심과 존중을 받고 싶은 반항아들이다. 누구나 그렇듯 그들도 남들이 봐주기를 바란다. 그런데 내가 그런 기회를 주었다. 적어도 며칠간 그들은 스타였다.

　다들 나에게 참 잘 해주었다. 예의를 지키고 조용히 협조했다. 댄스 곡들이 끝나면 내 춤 솜씨를 칭찬했고, 빈말이 아니라는 걸 알 수 있었다. 그들은 사인을 원했고 툭 하면 내 트레일러 주위를 서성댔다. 난 그들이 원하는 대로 다 해주었다. 사진이든 사인이든 빅토리 투어 티켓이든 뭐든 주었다. 좋은 사람들이었다.

　그 경험이 고스란히 스크린에 나타났다. 《비트 잇》 비디오는 잔인한 갱들의 감정이 짙게 느껴졌다. 길바닥의 경험과 삶의 실상을 알 수 있었다. 《비트 잇》을 보면 그 아이들이 험악하다는 걸 안다. 그들은 있는 그대로 드러내고 그게 잘 표현됐다. 배우들의 연기와 달랐다. 완전히 딴판이었다. 그들의 본모습이었고, 시청자가 느끼는 것은 바로 그들의 영혼이었다.

　그 곡에서 그들도 나와 똑같은 메시지를 얻었는지 늘 궁금하다.

잭슨5 이래, 저메인이 처음으로 잭슨즈 무대에 참가. 1983년, 모타운25는 기념할만한 밤이었다.

처음《스릴러》가 나올 때, 음반사는 판매고를 2백 만 장으로 예상했다. 일반적으로 음반사는 지난번보다 훨씬 많이 판매될 거라고 기대하지 않는다. 지난번에 운이 좋아서 그만큼 팔렸거나, 그 정도가 팬의 규모라고 본다. 이번에도 운이 좋을지 모르니 보통 레코드점에 2백 만 장을 출고한다.

보통은 그런 식이지만, 나는《스릴러》로 음반사의 태도를 바꿔놓고 싶었다.

《스릴러》의 작업을 도와준 사람들 중에 프랭크 딜레오Frank Dileo가 있었다. 프랭크는 처음 만났을 때 에픽의 프로모션 담당 부사장이었다. 론 와이즈너Ron Weisner, 프레드 드맨Fred DeMann과 더불어 프랭크는 내《스릴러》에 대한 꿈을 현실로 바꿔준 장본인이었다. 그가《스릴러》의 일부를 처음 들은 곳은 할리우드의 웨스트레이크 스튜디오였다. 앨범의 많은 부분이 거기서 녹음되었다. 프랭크는 내 매니저인 프레디 드맨과 그 자리에 있었고, 퀸시와 나는《비트 잇》과 여전히 작업 중인《스릴러》의 일부를 연주했다. 그들은 대단히 감동받았고, 우린 이 앨범을 크게 터뜨릴 방안을 진지하게 논의하기 시작했다.

이후 여러 해 동안 프랭크는 열심히 일했고 내 오른팔임을 증명했다. 그의 음반 산업에 대한 뛰어난 식견이 얼마나 소중한지 증명되었다. 예를 들어 우리가《비트 잇》을 싱글로 발표하려 할 때《빌리 진》이 아직도 1위였다. CBS 측은 "미쳤군요. 이러면《빌리 진》이 죽는다고요."라고 윽박질렀다. 하지만 프랭크는 걱정 말라고, 두 곡 다 1위가 될 거고 동시에 톱 10에 진입할 거라고 말했다. 과연 그렇게 되었다.

1983년 봄 무렵, 앨범이 광풍을 몰고 오리라는 게 확실해졌다. 획기적인 상황이었다. 싱글을 하나씩 발표할 때마다 앨범 판매고가 훨씬 올라갔다.

그러다가 《비트 잇》의 비디오가 발표되었다.

1983년 5월 16일, 텔레비전으로 방영된 모타운 25주년 기념 쇼에서 《빌리 진》을 공연했다. 약 5천만 명이 그 쇼를 시청했다. 그 후 많은 게 달라졌다.

사실 《모타운 25 쇼》는 한 달 전인 4월에 녹화되었다. 쇼 제목은 《모타운 25; 어제, 오늘, 영원히》였고, 솔직히 인정하건대 나는 설득당해서 출연했다. 그 쇼가 내 인생의 가장 행복하고 자랑스러운 순간을 만들었으니 출연하길 정말 잘한 것 같다.

앞에서도 언급했지만 처음에는 출연 권유를 사양했다. 《잭슨스》의 일원으로 출연한 후 단독 댄스곡을 공연하라는 제안이었다. 하지만 형제들 모두 모타운 소속 아티스트가 아니었다. 나와 매니저들인 와이즈너와 드맨이 오래 의논했다. 난 우리가 베리 고디에게 얼마나 큰 신세를 졌는지 알았지만, 매니저들과 모타운 측에 텔레비전 출연은 싫다고 밝혔다. 난 텔레비전에 아주 부정적이다. 결국 베리가 의논하려고 나를 찾아왔다. 내가 모타운 녹음실에서 《비트 잇》을 편집 중이었는데, 누군가 내가 거기 있다고 알린 모양이었다. 베리가 녹음실로 내려와 오래 대화했다. 나는 "알았어요. 하지만 출연한다면《빌리 진》을 부르고 싶어요."라고 말했다. 쇼를 통틀어 모타운이 발표하지 않은 유일한 곡이 될 터였다. 베리는 아무튼 내가 그러길 바랐다고 말했다. 그래서 저메인을 포함해《잭슨스》의 메들리를 공연하기로 합의했다. 다들 흥분했다.

나는 형제들을 불러 모아 리허설을 했다. 제대로 연습시켰고,《잭슨 5》시절로 돌아간 것 같아서 신났다. 나는 곡들의 안무를 짜서 엔시노에 있는 우리 집에서 며칠간 준비시켰다. 리허설 때마다 비디오로 촬영해 나중에 점검했다. 저메인과 말론도 기여했다. 다음에 파사데나에 있는 모타운으로 리허설을 하러 갔다. 리허설을 하면서 기운을 다 쓰지 않았고 심지어 일부만 맞춰봤는데도, 사람들이 박수를 치고 모여서 구경했다. 그 다음 내《빌리 진》리허설. 아무 계획도 없었기 때문에 곡 내내 걸어 다니기만 했다. 그룹의 공연 준비에 너무 바빠서 내 공연을 생각할 시간이 없었다.

다음 날 난 매니지먼트 사무실에 전화해서 말했다.

"내가 쓸 스파이 모자를 주문해줘요, 멋진 페도라 같은 걸로. 비밀 첩보원이 쓰는 것 있잖아요."

악한 같고 독특한 모양을, 앞으로 눌러쓰는 모자를 원했다. 그래도《빌리 진》을 어떻게 연출할지 이렇다 할 아이디어가 없었다.

《스릴러》음반을 녹음하면서 검은 재킷을 발견하고 말했다.

"언젠가 이걸 입고 공연해야지."

《모타운 25 쇼》에 딱 어울리고 쇼 비즈니스 분위기가 풍겼다.

하지만 녹화 전날 밤, 아직도 솔로 곡을 어떻게 연출할지 아이디어가 없었다. 그래서 집 부엌에 내려가서 《빌리 진》을 틀었다. 아주 크게. 공연 전날 밤 나 혼자 거기 있었고, 부엌에 서서 노래가 어떻게 할지 말하게 했다. 춤이 저절로 만들어지게 했다. 정말로 노래가 나한테 말을 하게 내버려두었다. 비트를 들으면서 스파이 모자를 쓰고 포즈를 취하며 스텝을 밟기 시작했다. 《빌리 진》의 리듬이 만드는 동작들을 따라갔다. 노래가 스스로 하게 내버려둬야 될 것 같았다. 어쩔 수가 없었다. 그게, 뒤로 물러나서 춤이 스르륵 앞으로 나오게 두고 볼 수 있는 게 아주 재미났다.

대부분 공연에서 자연스럽게 댄스가 이어지지만, 일부 스텝과 동작은 쭉 연습했다. 한동안 문워크를 연습하던 참이었다. 부엌에 서서, 마침내 《모타운 25 쇼》에서 문워크를 선보이자는 생각이 떠올랐다.

이즈음 문워크는 이미 거리에서 볼 수 있었지만, 내가 안무하면서 조금 멋져졌다. 문워크는 원래 브레이크 댄스 스텝으로, 빈민가 길모퉁이에서 흑인 아이들이 만든 간결한 타입의 댄스다. 흑인들은 대단히 혁신적인 댄서들이고, 순수하고 간결한 새 댄스를 많이 만들어낸다. 그래서 나는 "이번이 이 춤을 출 기회야"라고 말했고 그대로 실행했다. 세 아이가 이 춤을 가르쳐주었다. 그들이 기본 동작을 알려주자 나 혼자 많이 해보았다. 어떤 스텝들과 섞어서 연습했다. 《빌리 진》으로 넘어가는 사이에, 달에서 걷듯 뒤로 가는 동시에 앞으로 걷겠다는

카메라를 향해 익살을 부리는 프랭크 딜레오와 나

존 브랭커와 줄리어 맥아더의 결혼식 때 사회를 본 리틀 리처드와 함께

계획만 확실했다.

녹화 당일 모타운은 스케줄에 쫓겼다. 늦었다. 그래서 혼자서 리허설을 했다. 이즈음 스파이 모자가 준비되었다. 형제들이 모자로 뭐 하려는지 궁금해 했지만, 나는 두고 보면 안다고 대꾸했다. 하지만 넬슨 헤이스에게 부탁했다.

"넬슨, 내가 형제들과 공연한 후 조명이 꺼지면, 어둠 속에서 모자를 슬쩍 건네줘요. 난 무대 옆 구석에서 관객에게 말하고 있을 게요. 넬슨이 살그머니 모자를 가져와 어둠 속에서 내 손에 쥐어줘요."

그래서 형제들과 공연을 마치자 나는 무대 옆으로 걸어가서 말했다.

"여러분, 멋지네요! 좋은 시절이었다고 말하고 싶군요. 저메인을 포함해 형제들과 함께 한 마법 같은 순간들이었어요. 하지만 제가 정말 좋아하는 것은……,"

그러자 넬슨이 모자를 가만히 내 손에 쥐어주었다.

"신곡들이지요."

나는 돌아서 모자를 들고《빌리 진》의 묵직한 리듬으로 들어갔다. 객석에서 관객들이 내 공연을 정말 즐기는 걸 알 수 있었다. 형제들은 무대 옆에 모여서 입을 벌리고 구경했다고 말했고, 부모님과 누이들은 객석에 있었다. 하지만 곡이 끝나고 눈을 뜨니 바다 같은 관객들이 기립해서 박수치는 광경이 눈에 들어왔다. 만감이 교차했다. 최선을 다했고 기분이 좋다는 걸 알았다, 정말 좋았다. 하지만 동시에 나 자신이 실망스러웠다. 원래 한 번 길게 스핀을 하고 발가락을 딛고 정지할 계획이었다. 잠시 멈춰 서 있으려고 했는데, 원하는 만큼 발끝으로 서 있지 못했다. 스핀을 하고 발가락 하나로 바닥에 내려왔다. 거기 머물고 싶었다. 움직이지 않고 가만히 있으려고 했는데 계획대로 되지 않았다.

백스테이지에 가니 거기 있던 사람들이 축하했다. 나는 스핀에 대한 실망감을 떨치지 못했다. 계속 너무 몰두했고, 난 그런 완벽주의자다. 동시에 지금이 인생에서 가장 행복한 순간인 걸 알았다. 처음으로 형제들에게 내가 뭘 하는지, 얼마나 발전했는지 보여 줄 기회였다. 공연 후 백스테이지에서 형제들은 나를 끌어안고 키스했다. 전에 없던 일이었고 행복감이 밀려들었다. 형제들에게 그런 키스를 받으니 얼마나 흐뭇하던지. 정말 최고였다! 늘 포옹은 한다. 온가족이 자주 껴안는다, 아버지만 빼고. 유일하게 아버지만 포옹하지 않는다. 나머지 가족들은 만날 때마다 껴안지만, 그날 밤 모두에게 키스를 받으니 축복받는 기분이었다.

실수가 아직도 마음을 파고들어 불만에 빠져 있는데, 백스테이지에서 한 꼬마가 다가왔다. 열 살쯤 되는 사내애는 턱시도 차림이었다. 아이가 그 자리에 얼어붙어서 반짝이는 눈으로 날 올려다보며 말했다.

"저기요, 그런 춤을 누가 가르쳐줬어요?"

나는 웃으면서 대꾸했다.

"연습일걸."

그러자 이 녀석은 감탄해서 날 계속 바라보았다. 나는 걸어 나왔고,

그날 저녁 처음으로 내가 펼친 공연이 흡족했다. 아이들은 정직하니까 내가 정말 잘한 게 맞을 거라고 중얼댔다. 아이가 그런 말을 했으니, 내가 아주 멋지게 해냈다고 느꼈다. 모든 경험이 감동적이어서 집에 가서 그날 있었던 일을 적었다. 아이와의 만남을 끝으로 글을 마무리했다.

《모타운 25 쇼》 다음 날, 프레드 아스테어의 전화를 받았다. 그는 정확히 이렇게 말했다.

"자네는 끝내주는 춤꾼이야. 아이고, 어젯밤 사람들을 다 보내버렸더군."

그게 프레드 아스테어가 한 말이었다. 고맙다고 인사했다. 그러자 프레드가 말했다.

"자네는 성깔 있는 댄서야. 나도 마찬가지지. 나도 예전에 지팡이로 똑같이 추었거든."

과거에 한두 번 만났지만, 프레드 아스테어가 내게 전화한 것은 이때가 처음이었다. 그가 계속 말했다.

"어젯밤에 특별 쇼를 시청했지. 녹화해서 오늘 아침에 다시 봤네. 자네는 끝내주는 춤꾼일세."

내 평생 받아본 최고의 칭찬이었고, 믿고 싶은 유일한 칭찬이었다. 프레드 아스테어가 해준 말은 내게 무엇보다 의미가 컸다. 나중에 내 공연은 에미상의 음악 부문 후보에 올랐지만, 수상은 레온타인 프라이스Leontyne Price가 했다. 상관없었다. 프레드 아스테어에게 평생 잊지 못할 말을 들었으니까. 나중에 그의 자택으로 초대받아 가니, 프레드는 내 얼굴이 빨개지도록 칭찬을 늘어놓았다. 그는 내《빌리 진》안무를 한 스텝씩 되새겼다. 출중한 안무가 허미즈 팬Hermes Pan이 내 집에 찾아와서, 내 댄스가 마음에 들었다고 말했다. 또한 진 켈리Gene Kelly가 우리 집에 방문해서 내 댄스가 환상적이었다고 말해준 것도 잊지 못할 경험이었다. 내가 비공식 댄서 사회에 유입된 느낌이었고, 다들 가장 존경하는 사람들이어서 영광스러웠다.

《모타운 25》직후 가족은 언론에서 내 기사를 많이 접했다. "새로운 시내트라the New Sinatra" "엘비스만큼 짜릿한exciting as Elvis" 같은 평이 넘쳤다. 듣기 좋은 말이지만, 언론이 얼마나 변덕스러울 수 있는지 난 알았다. 어떤 주는 애정을 쏟다가 다음 주에는 쓰레기로 취급했다.

나중에《모타운 25》에서 입은 반짝이는 검은 재킷을 새미 데이비스에게 선물했다. 그가 무대에서 내 흉내를 내겠다고 말하기에 나는 "자, 그 공연에서 이걸 입을래요?"라고 대꾸했다. 새미가 진짜 좋아했다. 난 새미를 사랑한다. 정말 좋은 사람이고 진정한 쇼맨이다. 최고 중 한 명이다.

난《스릴러》를 부르기 훨씬 전부터 장갑 한 짝을 끼었다. 장갑 한 쪽이 멋지게 느껴졌다. 양쪽 다 끼면 너무 평범하지만, 한 쪽만 끼면 사뭇 다르고 확실한 분위기를 연출한다. 하지만 외모에 과하게 몰입하면 치명적인 실수가 될 수 있다는 게 오랜 신조다. 아티스트는 스타일이 자연스럽게, 물 흐르듯 드러나게 해야 한다. 이런 것들은 생각해서 되는 게 아니다. 느낌으로 흘러나와야 한다.

사실 오랫동안 장갑을 끼었지만 주목받지 못하다가, 1983년 《스릴러》로 갑자기 인기를 얻었다. 1970년대 투어 때도 그 장갑을 끼었고, 《오프 더 월》 투어와 이후 라이브 앨범 표지에도 장갑 한 짝을 끼고 등장했었다.

장갑 한 짝은 쇼 분위기를 물씬 풍긴다. 난 장갑 한 짝을 끼는 게 좋다. 한 번은 우연히 《아메리칸 뮤직 어워즈》 행사에 검은 장갑을 끼고 났는데, 공교롭게도 마틴 루터 킹 주니어의 탄생일이었다. 이따금 일이 참 재미있게 돌아가기도 한다.

솔직히 유행을 선도하는 게 좋지만, 흰 양말을 신는 게 유행할 줄은 까맣게 몰랐다. 얼마 전만 해도 흰 양말을 신는 것은 지독히 촌스런 짓으로 알려졌다. 1950년대에는 멋있었지만 1960년대와 1970년대는 전혀 아니었다. 다들 그걸 신을 생각만 해도 촌스럽게 봤다.

그런데 나는 늘 흰 양말을 신었다. 언제나. 형제들에게 얼간이 소리를 들어도 개의치 않았다. 저메인 형은 화가 나서 어머니에게 하소연하곤 했다.

"엄마, 마이클이 또 흰 양말을 신네요. 어떻게 좀 해주시면 안 돼요? 말 좀 해주세요."

형은 몹시 투덜댔다. 다들 날 괴짜라고 했다. 하지만 난 여전히 흰 양말을 신었고, 그게 다시 쿨한 스타일이 되었다. 아마 저메인 형한테 반항하려고 흰 양말을 신었을 것이다. 그 생각을 하면 고소하다. 《스릴러》가 나온 후 바지를 발목 위로 올려 입는 것도 다시 멋이 되었다.

나는 패션이 하지 말라고 하면 그렇게 하는 사람이다.

집에 혼자 있을 때는 갖춰 입지 않는다. 아무 거나 집히는 대로 입는다. 파자마 바람으로 며칠씩 지내곤 했다. 남방셔츠, 낡은 스웨터, 바지처럼 소탈한 옷차림이 좋다.

외출 할 때는 더 반듯하고 빛나고, 더 멋진 옷을 차려 입지만, 집과 녹음실에서는 아무 거나 상관없다. 장신구도 많이, 보통은 하나도 하지 않는다. 걸리적거리니까. 종종 장신구를 선물 받으면 마음이 고마워서 소중히 여기지만, 보통은 어딘가에 둔다. 그러다가 일부는 도난당했다. 재키 글리슨Jackie Gleason에게 예쁜 반지를 받았다. 그가 손가락에서 빼서 내게 주었다. 그걸 도둑맞아서 아쉽지만, 크게 속상하지는 않다. 선물하는 마음이 내게 가장 의미 있고, 그것은 누구도 빼앗아가지 못하니까. 반지는 물질에 불과했다.

정말 나를 행복하게 만드는 것, 내가 사랑하는 것은 공연과 창작이다. 물질적인 것들은 개의치 않는다. 내 영혼을 뭔가에 담고 사람들이 그걸 받아서 좋아하는 게 참 좋다. 그렇게 근사할 수가 없다.

그런 이유로 미술을 높이 평가한다. 나는 미켈란젤로의 대단한 팬이고, 그가 영혼을 작품에 쏟은 데 감탄한다. 미켈란젤로는 어느 날 죽겠지만 작품은 살아남으리란 걸 알았다. 시스틴 성당의 천장화를

나의 존경하는 벗 프레드 어스테어와 함께

보면 그가 영혼을 다 바쳤다는 걸 알 수 있다. 어느 시점에서 그는 그림을 없애고 다시 그렸다. 작품이 완벽하기를 바라서였다. 미켈란젤로는 말했다.

"포도주가 시어지면 쏟아버려야지."

그림을 보면서 거기 빠지기도 한다. 그림이 나를 모든 비애감과 드라마 속으로 끌어당긴다. 화가가 느낀 감정이 고스란히 전해진다. 사진을 봐도 마찬가지다. 뭉클하거나 강렬한 사진은 많은 이야기를 해준다.

앞에서 말했듯이 《모타운 25》 이후 삶에 많은 변화가 일어났다. 4천 7백만 명이 그 쇼를 시청했다고 들었고, 그 중 많은 사람들이 밖에 나가 《스릴러》 음반을 구입했다. 1983년 가을까지 앨범 판매고가 8백만 장에 달했고, CBS가 《오프 더 월》의 후속작으로 예상한 실적을 초과했다. 그 무렵 프랭크 딜레오는 우리더러 다른 비디오나 단편 영화를 제작해달라고 말했다.

다음 싱글 곡과 비디오는 《스릴러》여야 되는 게 확실했다. 많은 것이 담긴 기다란 트랙이어서, 비디오 감독이 똑똑한 사람이어야 했다. 곡이 결정되자 난 누구에게 연출을 맡길지 알았다. 작년에 런던에서 《아메리칸 베어울프An American Werewolf》라는 공포 영화를 봤고, 그 영화를 찍은 존 랜디스John Landis가 《스릴러》 비디오의 적임자라는 걸 알았다. 우리의 비디오 콘셉트가 그 영화 속 인물이 겪는 변모와 똑같기

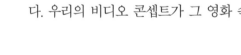

때문이었다.

　그래서 존 랜디스와 접촉해서 연출을 부탁했다. 그는 동의하고 예산안을 제출했고 우린 작업에 착수했다. 이 영화의 기술적인 부분들이 워낙 규모가 커서, 나는 곧 존 브랭카John Branca의 전화를 받았다. 그는 내 변호자이자 가장 가까운 친구이고 가장 소중한 조언자다. 존은 《오프 더 월》 시절 이후 나와 일했고, 사실《스릴러》가 출시된 후 매니저가 없었을 때 여러 부문에서 수완을 발휘하고 다양한 일을 도와주었다. 존은 재주가 뛰어나고, 무슨 일이든 할 수 있는 능력 있는 사람이다. 아무튼 존은《스릴러》에 애초 예산의 두 배가 필요한 걸 알고 경악했다. 이 프로젝트는 내 자비로 진행되므로 초과된 예산도 내 주머니에서 나가야 했다.

　하지만 이즈음 존이 기발한 아이디어를 냈다. 그는 별도의 비디오를 만들자고 제안했다. 다른 사람에게 투자받아서《스릴러》비디오의 제작 영상을 만들자는 얘기였다. 아무도 해본 적이 없는 일이어서 이상해 보였다. 흥미로운 다큐멘터리가 될 테고 동시에 두 배의 예산이 들어갈 프로젝트의 재원에 도움이 될 것 같았다. 존이 이 계약을 추진하기까지 얼마 걸리지 않았다. MTV와 쇼타임 케이블 방송사가 돈을 대고,《스릴러》가 방송된 후《베스트론Vestron》이 비디오를 출시하기로 했다.

　《메이킹 오브 스릴러The Making of Thriller》의 성공은 우리 모두에게 좀 충격적이었다. 카세트에 담긴 테이프가 백 만 개 정도 팔렸다. 지금도

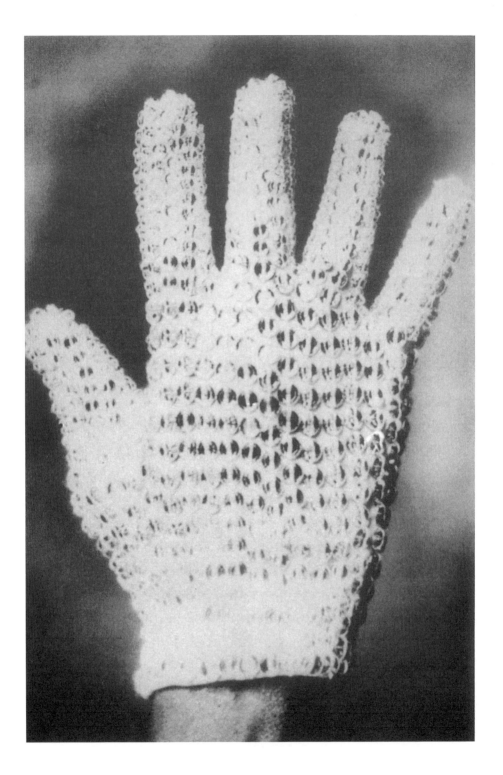

역사상 최고의 베스트셀러 뮤직 비디오 기록을 갖고 있다.

《스릴러》 뮤직 비디오는 1983년 말에 준비되었다. 2월에 출시하고 MTV에서 처음으로 발표했다. 에픽이 《스릴러》를 싱글로 출시했고, 앨범 판매에 불이 붙었다. 수치로 보면 《스릴러》 필름과 싱글 출시 결과, 6개월 동안 천 4백만 장의 앨범과 테이프가 추가로 판매되었다. 1984년 어느 시점이 되자 1주에 음반이 백만 장씩 팔렸다.

지금도 이 반응이 경이롭다. 이듬해 마침내 《스릴러》 캠페인을 마무리할 즈음, 앨범 판매고는 3천 2백만 장에 달했다. 현재까지 4천만 장이 팔렸다. 꿈은 이루어진다.

이 기간에 나는 매니지먼트를 바꾸었다. 와이즈너, 드맨과 맺은 계약은 1983년 초에 끝났다. 이제 아버지가 일을 봐주지 않으니 내가 나서서 사람을 찾았다. 어느 날 베버리힐스 호텔로 프랭크 딜레오를 찾아가서, 에픽을 그만두고 내 매니지먼트를 해줄 수 있느냐고 물었다.

프랭크는 조금 더 생각해보라면서, 그러고도 확신이 들면 금요일에 전화해달라고 말했다.

두말 할 것도 없이 그에게 전화했다.

《스릴러》의 성공을 실감한 것은, 1984년 앨범이 《아메리칸 뮤직 어워즈》와 《그래미 어워즈》에 흐뭇할 만큼 여러 부문의 후보에 올랐을 때였다. 밀려드는 환희에 젖었던 기억이 난다. 기분이 좋아서 집에서 소리를 지르고 춤추면서 돌아다녔다. 앨범이 역사상 최고 베스트셀러로 선정되자 믿을 수가 없었다. 퀸시 존스가 "샴페인을 따야지!"라

고 소리쳤다. 모두 흥분 상태였다. 와! 그 기분이라니! 어떤 일에 정말 열심히 노력하고, 정말 많은 것을 쏟아 붓고 성공한 기분!《스릴러》의 관계자 모두 하늘을 떠다니는 기분을 느꼈다. 진짜 좋았다.

내 기분이 장거리 달리기선수가 종착점의 테이프를 끊는 느낌이리라 상상했다. 난 있는 힘껏, 최대한 빨리 달리는 선수를 연상하곤 한다. 마침내 종착점에 도착해 가슴이 테이프를 끊는 순간, 관중이 함께 열광한다. 난 스포츠를 하는 게 아닌데도!

하지만 선수와 공감하는 것은 그가 얼마나 열심히 훈련하는지, 그 순간이 그에게 얼마나 의미 있는지 알기 때문이다. 이 노력에 인생 전부를 쏟았으리라. 그러다가 승리한다. 꿈이 실현되는 것이다. 그건 강력한 일이다. 그걸 잘 알기에 그 선수와 공감할 수 있다.

219

《스릴러》활동 기간 중 대중에게 계속 노출되면서 내가 지쳐가는 부작용이 나타났다. 이런 상황인지라 더 조용하고 개인적인 삶을 영위하기로 마음먹었다. 나는 여전히 외모에 부끄러움을 탔다. 내가 어린이 스타였던 점을 기억해보시기를. 어린이 스타는 크지 않고 외모가 변하지 않기를 바라는 사람들 속에서 성장한다. 처음 유명해졌을 때 나는 젖살이 빠지지 않아 얼굴이 동그랗고 통통했다. 계속 동그스름하다가, 몇 년 전 식습관을 바꾸었다. 살찌는 음식뿐 아니라 쇠고기, 닭고기, 돼지고기, 생선을 먹지 않았다. 더 나은 외모로 더 낫고 건강하게 살고 싶을 따름이었다. 체중이 감소하면서 점점 현재의 얼굴로 변하자, 언론은 성형했다고 비난하기 시작했다. 많은 연예인들처럼 코 수술을 했다는 것은 이미 인정한 바였다. 언론은 고교 시절 사진을 제시하며 현재의 사진과 비교했다. 옛날 사진 속 내 얼굴은 동그랗고 통통했다. 아프로 헤어스타일을 했고 형편없는 조명 아래서 촬영했다. 새 사진은 훨씬 나이 들고 성숙한 얼굴이었다. 헤어스타일도 다르고 코 모양도 달랐다. 또 최근 사진들은 프로 작가들이 훌륭한 조명 아래서 찍는다. 두 사진을 그렇게 비교하는 것은 공평하지 않다. 그들은 내가 얼굴의 뼈대 수술을 받았다고 말했다. 난 사람들이 그런 결론을 내리는 게 이상하다. 몹시 부당하다는 생각이 들었다.

주디 갈랜드Judy Garland와 진 할로우Jean Harlow를 비롯해 많은 이들이 코 수술을 했다. 내 경우는, 사람들이 어린이 스타 때의 외모에 익숙한 게 문제다.

이제 기록을 바로잡고 싶다. 난 광대 수술이나 눈 수술을 받은 적이 없다. 입술을 얇게 하거나 피부 박리나 필링을 한 적도 없다. 이런 모든 비난은 어처구니가 없다. 수술을 받았다면 그렇다고 말하겠지만, 그런 적이 없다. 코를 두 번 교정했고 최근에는 턱에 절개선을 더했지만 그게 전부다. 얘기 끝. 다른 사람이 뭐라고 하든 상관없다. 이건 내 얼굴이고 내가 잘 아니까.

이제 채식주의자고 아주 많이 날씬해졌다. 오랜 세월 엄격한 식이요법을 실천했다. 어느 때보다 기분이 좋고 건강하고 기운이 넘친다. 아무튼 왜 언론이 내 외모에 그리 관심이 많은지 모르겠다. 얼굴이 내

백악관 방문

음악이나 댄스와 무슨 관계가 있다고?

언젠가 어떤 사람이 행복하냐고 묻길래 나는 "완전히 행복한 적은 없을 걸요"라고 대답했다. 나는 좀처럼 만족할 줄 모르지만, 동시에 감사해야 된다는 걸 잘 안다. 건강과 가족과 친구들의 사랑을 누리니 얼마나 고마운지.

또한 나는 쉽게 당황한다. 《아메리칸 뮤직 어워즈》에서 8개 부문을 수상한 날, 선글라스를 착용하고 수상하는 장면이 중계되었다. 캐서린 헵번Katharine Hepburn이 전화해서 축하 인사를 하면서, 선글라스 때문에 잔소리를 했다. 그녀는 달달 볶았다.

"팬들은 마이클의 눈을 보고 싶어 해. 선글라스를 쓰는 건 사람들을 속이는 거라고."

다음 달인 1984년 2월 그래미 시상식에서 《스릴러》는 7개 부문을 수상했고 곧 여덟 번째 상을 받을 것 같았다. 저녁 내내 선글라스를 착용한 채 단상에 올라가서 상을 받았다. 마침내 《스릴러》가 최고 앨범으로 선정되자, 난 상을 받으러 가면서 선글라스를 벗었다. 그리고 카메라를 보고 똑똑히 말했다.

"캐서린 헵번, 이건 당신을 위해서 입니다"

난 그녀가 텔레비전을 보고 있을 줄 알았고 정말로 그랬다.

때로는 장난도 하면서 살아야 된다.

「스릴러」비디오에서 올라 레이와 함께

내가 받은 영예의 몇 가지 상들

플로리다의 베리 깁의 저택에서

제6장

사랑만 있다면

1984년 한 해는 생각 중인 영화 작업에 집중할 계획이었는데 상황이 어그러져버렸다. 먼저 1월에 형제들과 펩시 광고를 촬영하다가 화상을 입었다.

화재 원인은 어이없고 단순했다. 야간 촬영 중이었고, 내가 계단을 내려오는 장면이었다. 내 양쪽과 뒤에서 마그네슘 조명탄이 터졌다. 아주 간단한 일 같았다. 내가 계단을 내려갈 때 뒤에서 조명탄이 터지면 그만이었다. 몇 번 연습했고 타이밍이 잘 맞았다. 조명탄의 효과는 엄청났다. 다만 조명탄이 내 머리 양쪽으로 겨우 60센티 거리에서 터졌다는 걸 나중에야 알았다. 안전 규칙에 완전히 위배되는 상황이었다. 나는 양쪽으로 60센티 거리에서 마그네슘 폭발이 일어나는 와중에 서 있어야 했다.

그러자 밥 지랄디 감독이 내게 다가와서 말했다.

"마이클, 너무 급히 내려오고 있어요. 마이클이 위쪽에, 계단에 서 있으면 좋겠는데. 조명이 켜질 때 거기 마이클이 있어야 되니까 기다리도록 해요."

그래서 난 기다렸고, 조명탄이 머리 양쪽에서 터지면서 불꽃이 내 머리로 튀어 불이 났다. 나는 몸에 불이 붙은 줄도 모르고 춤을 추면서 계단을 내려와 몸을 돌려 빙글빙글 돌았다. 갑자기 불길을 누르려고 손이 반사적으로 얼굴로 올라갔다. 나는 주저앉아 불길을 털어내려고 애썼다. 조명탄이 터진 직후 저메인이 몸을 돌리다가 바닥에 앉은 나를 보았고, 구경꾼들 속에서 누군가 쏜 총에 맞았다고 생각했다. 나는 대규모 관중 앞에서 촬영하는 중이었다. 형의 눈에는 그렇게 비쳤다.

맨 먼저 달려온 사람은 지금도 나와 일하는 마이코 브랜도^{Miko Brando}였다. 그 후 혼란의 도가니였다. 아수라장이 따로 없었다. 어떤 영화에도 그날 밤 같은 장면은 없었다. 관중은 비명을 질렀다. 누군가 "얼음을 가져와!"라고 소리쳤다. 다들 미친 듯이 뛰는 소리가 났다. 사람들은 "세상에!"라고 탄식했다. 구급차가 왔고, 난 실려가기 전에 펩시 임원들이 경악한 표정으로 구석에 모인 광경을 보았다. 의료대원들이 날 들것에 실었고, 펩시 사람들은 겁이 나서 내 상태를 확인하러 오지도 못했다.

한편 통증이 심한데도 유체가 이탈된 것 같았다. 모든 드라마가 펼쳐지는 것을 구경했다. 나중에 사람들은 내가 쇼크에 빠졌다고 말했지만, 병원으로 달려가는 게 재미있었다. 구급차를 타고 사이렌을 울리면서 병원에 갈 줄은 상상도 못했으니. 어릴 때 늘 하고 싶었던 일이었다. 병원에 도착해서 기자들이 밖에 몰려 있다는 소식을 듣고 난 장갑을 달라고 했다. 그래서 들것에 누워 장갑을 낀 손을 흔드는 유명한 장면이 연출되었다.

나중에 의사는 내가 살아 있는 게 기적이라고 말했다. 소방대원은 옷에 불이 붙을 경우 대개 얼굴 전체가 변형되거나 죽을 수도 있다고 말했다. 그랬다. 난 뒤통수에 3도 화상을 입었고 하마터면 두개골까지 손상될 수 있었다. 그래서 문제가 많았지만 운이 좋았다.

결국 이 사고로 광고가 엄청난 홍보 효과를 얻었다. 어느 때보다 펩시 콜라가 많이 팔렸다. 나중에 펩시에서 찾아와 역사상 최고의 광고료를 제안했다. 유례없는 일이어서 〈기네스북〉에 올랐다. 펩시와《더 키드》라는 광고를 찍을 때, 내가 등장 장면을 제한하자 그들은 곤혹스러워 했다. 회사 측이 요구하는 장면들이 효과가 없을 것 같아서 내건 조건이었다. 나중에 광고가 성공하자 그들은 내가 옳았다고 인정했다.

화재가 난 밤, 펩시 임원들의 겁먹은 표정이 지금도 기억난다. 그들은 내가 화상을 입은 사고가 미국에서 펩시를 마시는 아이들의 입맛을 씁쓸하게 할 거라고 예상했다. 또 내가 소송을 걸 수도 있다고 짐작했고 사실 그럴 가능성도 있었다. 하지만 난 이 일을 아주 좋게 넘겼다. 아주 좋게. 회사에서 150만 달러를 주자, 난 즉시《마이클 잭슨 화상 센터Michael Jackson Burn Center》에 기부했다. 입원 중에 만난 화상 환자들에게 감동받아서 뭔가 하고 싶었다.

그 후 빅토리 투어가 있었다. 형제들과 5개월에 걸쳐 55차례 공연했다.

난 빅토리 투어가 내키지 않아서 하지 않겠다고 버텼다. 투어를 하지 않는 게 최선일 테지만, 형제들이 원해서 그들을 위해 참여했다. 나 자신에게 말했다. 이왕 하기로 했으니 영혼을 쏟아야 되겠지.

실제 투어에 돌입해서 난 여러 일에서 배제되었지만, 무대에 서면 열성을 다했다. 빅투리 투어에 임하면서 모든 퍼포먼스에 내 전부를 쏟는 게 목표였다. 날 좋아하지 않는 사람들까지 날 보러 와주기를 바랐다. 사람들이 공연에 대해 소문을 듣고 무슨 일이 벌어지는지 보고 싶어 하기를 바랐다. 믿기 힘들만큼 입소문이 퍼져서 각계각층의 사람들이 우리를 보러 오기를 바랐다. 입소문은 최고의 홍보 수단이다. 그걸 능가하는 홍보는 없다. 믿을 만한 사람이 어떤 게 좋다고 말하면 누구나 마음이 움직인다.

빅토리 투어를 하던 시기에 난 강한 힘을 느꼈다. 세상 꼭대기에 있는 기분이었다. 단호한 느낌이 들었다. 투어는 이런 식이었다.

"우리는 거대한 산 입니다. 당신들에게 우리 음악을 나눠주러 왔어요. 들려주고 싶은 음악이 있습니다."

우리가 무대에서 솟구쳐서 계단을 내려가면서 공연이 시작되었다. 오프닝은 극적이고 밝고, 쇼의 전체 분위기를 드러냈다. 조명이 들어오고 청중이 우리를 보면, 지붕이 날아갈 것 같은 함성이 터졌다.

다시 형제들과 공연하니 마음이 좋았다. 《잭슨 5》와 《잭슨스》로 함께 한 시절을 재연할 기회였다. 모두 함께였다. 저메인도 돌아왔고, 우린 인기의 파도를 타고 있었다. 어느 그룹도 대형 스타디움에서 이런 대규모 투어를 해본 적이 없었다. 하지만 난 처음부터 투어에 실망했다. 세상이 느껴본 적 없는 감동을 주고 싶었다. 사람들이 "와! 기가 막히네!"라고 감탄할 거리를 내놓고 싶었다. 좋은 반응을 얻었고 팬들도 훌륭했지만, 난 우리 무대가 성에 차지 않았다. 내가 원하는 방식으로 완벽하게 다듬을 시간이나 기회가 없었다. 《빌리 진》 무대도 실망스러웠다. 그 수준을 훌쩍 넘는 무대를 꾸미고 싶었다. 조명도 못마땅했고 내가 원하는 스텝을 하지 못했다. 이런 상황을 받아들이고 이런 방식에 적응해야 된다는 게 미칠 것 같았다.

공연 직전에 어떤 일들이 마음을 괴롭히는 때가 있다. 일이든 개인사든 상관없이 말이다. 그럴 때는 속으로 중얼댄다.

"어떻게 버텨야 될지 모르겠어. 어떻게 공연을 해나갈지 모르겠어. 이 상태로는 공연을 못해."

그런데 일단 무대 옆쪽에 들어가면 상황이 달라진다. 리듬이 시작되고 조명을 받으면 고민이 사라진다. 이런 경험을 여러 번 했다. 공연의 전율에 사로잡힌다. 마치 신이 말하는 것 같다. "그래, 넌 할 수 있어. 그래, 넌 할 수 있어. 두고 봐. 이 소리를 들을 때까지 기다려. 이걸 할 때까지 기다려."

그러면 내 척추에 록 특유의 강한 비트가 들어와 진동하며 나를 사로잡는 것이다. 가끔 내가 통제력을 잃으면, 다른 뮤지션들이 "저 친구, 뭐 하는 거지?"라고 말하면서 나를 따라오기 시작한다. 곡 전체의 연주 방향이 달라진다. 멈추고 처음부터 시작해 전혀 다른 공연을 한다. 노래가 나를 다른 방향으로 이끈다.

빅토리 투어에서 공연 중에 내가 스캣[12]을 하고 청중이 따라하는 순간이 있었다. 내가 "다, 데, 다, 데"라고 말하면 청중이 "다, 데, 다, 데"라고 따라했다. 내가 시작하면 청중이 발을 구르기 시작하기도 했다. 전체 청중이 그러면 지진이라도 난 것 같다. 세상에! 모든 사람들과 이 스타디움 전체가 그렇게 흔들릴 수 있는 느낌이 정말 좋다. 그들은 내가 하는 그대로 따라한다. 세상에서 그보다 흐뭇한 게 있을까. 청중석을 보면 유아, 십대, 할머니 할아버지, 20대와 30대 청년들이 보인다. 모두 손을 들고 흔들면서 노래한다. 관객석 조명을 켜달라고 요청해서, 청중의 얼굴을 보면서 "손을 올려요!"라고 말하면 다들 손을 올린다. "일어나세요"나 "손뼉"이라고 말하면 모두 그대로 한다. 청중은 즐거워하면서 내가 시키는 대로 한다. 그들은 이 순간을 사랑하고 정말 기막히게 멋지다. 인종과 상관이 모든 사람이 이렇게 어울리는 것이 얼마나 환상적인 일인가. 나는 이따금씩 말한다.

"주위를 보세요. 직접 둘러보세요. 보세요. 주변을 봐요. 여러분이 뭘 했는지 보세요."

12 Scatting. 재즈 등에서 의미 없는 음절로 노래하는 기법. 옮긴이 주.

아, 얼마나 아름다운지. 굉장히 강력하다. 멋진 순간들이다.

빅토리 투어는 2년 전《스릴러》가 발표된 후 처음으로 내가 마이클 잭슨 팬들 앞에 나선 기회였다. 이상한 반응들이 있었다. 복도에서 마주치면 사람들은 "아니야, 마이클일 리가 없어. 설마 여기 오겠어?"라고 말했다. 난 당황해서 자문하곤 했다.

"왜 못 와? 난 지구 어딘가에 있는데. 내가 어떤 시간에 어딘가에 있는 게 당연한데. 왜 여기 못 온다는 거야?"

어떤 팬들은 연예인을 환상으로 여기고 존재하지 않는 줄 안다. 연예인을 보면 기적 같은 일로 여긴다. 팬들은 내게 화장실에 가느냐고 묻기도 한다. 어찌나 당황스러운지 모르겠다. 그들은 흥분한 나머지 연예인도 같은 사람이라는 사실을 잊는다. 하지만 그런 반응이 이해되기도 한다. 나도 월트 디즈니나 찰리 채플린을 만날 수 있었다면, 그런 감정을 느꼈을 테니까.

빅토리 투어의 시작은 캔자스시티가 열었다. 투어 첫날밤이었다. 저녁에 호텔 수영장 옆을 걷다가 프랭크 딜레오가 균형을 잃고 물에 빠졌다. 사람들이 이 광경을 보고 흥분하기 시작했다. 일행 몇 명은 민망해 했지만 나는 깔깔댔다. 프랭크는 다치지 않았지만 무척 놀란 눈치였다. 우린 낮은 담장을 뛰어넘어, 경호원들 없이 거리로 나갔다. 사람들은 우리가 그렇게 거리를 활보하는 게 믿기지 않는 모양이었다. 다들 적당한 거리를 유지했다.

나중에 호텔로 돌아와서 모험담을 늘어놓으니, 내가 어릴 때부터 경호팀을 이끈 빌 브레이는 고개를 저으면서 웃었다.

빌은 무척 신중하고 업무에는 대단한 프로지만, 꼬치꼬치 파고 들지 않는다. 어디든 나와 동행하고 가끔 가까운 여행은 단둘이 간다. 빌 없는 생활은 상상할 수가 없다. 빌은 따뜻하고 재미있고, 인생을 사랑한다. 훌륭한 사람이다.

워싱턴에서 투어 중 나는 프랭크와 호텔 발코니로 나갔다. 프랭크는 유머 감각이 뛰어나고 개구쟁이 짓을 좋아한다. 우린 서로 놀려댔고, 나는 프랭크의 주머니에서 백 달러 지폐 뭉치를 꺼내 아래 있는 사람들에게 던지기 시작했다. 소동이 일어났다. 프랭크가 날 말리려했지만, 둘 다 웃어댔다. 예전에 형제들과 투어 할 때 늘 장난하던 기억이 났다. 프랭크가 안전요원들을 내려 보내, 덤불에서 돈을 찾아오게 했다.

잭슨빌에서는 호텔에서 공연장까지 네 블록을 차로 이동하던 중 경찰 때문에 교통사고로 죽을 뻔 했다. 나중에 플로리다에 갔을 때는 이미 말했듯이 투어가 지루해서 프랭크에게 장난을 걸었다. 난 객실에 올라와달라고 부탁했고, 그가 방에 들어오자 저쪽에 놓인 수박을 먹으라고 권했다. 프랭크는 수박을 가지러 가다가, 나랑 같이 다니는 보아뱀 머슬스에게 발이 걸렸다. 머슬스는 해를 끼치지 않지만 프랑크는 뱀을 싫어해서, 비명을 지르고 고래고래 악을 썼다. 나는 보아뱀

을 들고 그를 쫓아가기 시작했다. 하지만 프랭크가 승기를 잡았다. 그는 겁을 먹고 방에서 뛰어나가, 경호원의 총을 빼앗았다. 그가 머슬스를 쏘려고 하자, 경호원이 진정시켰다. 나중에 프랭크는 "그놈의 뱀을 잡아야지"라는 생각밖에 없었다고 말했다. 건장한 남자들도 뱀을 무서워하는 경우를 자주 본다.

우린 미국 전역을 다니면서 호텔에 갇혔다. 전과 똑같았다. 나와 저메인, 혹은 나랑 랜디는 예전처럼 장난을 하곤 했다. 호텔 발코니에서 물 양동이를 아래서 식사하는 사람들에게 부었다. 우리가 워낙 고층에 있어서 물이 사람들에게 떨어질 즈음에는 물안개로 변했다. 정말 옛날과 똑같았다. 호텔방에서 지루했지만, 안전 때문에 팬들을 피해 있어야 했다. 대규모 경호부대를 동행하지 않으면 아무 데도 갈 수가 없었다.

하지만 재미있는 날도 많았다. 그 투어에서 즐거운 시간을 많이 가졌고, 디즈니 월드에 다섯 번이나 놀러 갔다. 한 번은 디즈니 월드 호텔에 투숙했는데 놀라운 일이 벌어졌다. 잊지 못할 것이다. 객실 발코니에 나가니 넓은 지역이 눈에 들어왔다. 사람들이 잔뜩 있었다. 어찌나 붐비는지 서로 부딪치면서 다녔다. 인파 속에서 누군가 나를 알아보고 내 이름을 불렀다. 곧 수천 명이 합창하기 시작했다.

"마이클! 마이클!"

그 소리가 디즈니 월드 전체에 울려 퍼졌다. 연호가 계속되었고, 결

국 아는 체 하지 않으면 예의가 아닐 정도가 되었다. 내가 인사하자 모두 환호했다. 내가 말했다.

"아, 정말 아름답네요. 너무나 기분 좋습니다."

내가 《스릴러》에 쏟은 노력, 울면서 꿈을 믿었고, 노래 연습을 하다가 피곤해서 마이크 스탠드 옆에서 잠든 일. 모든 걸 이런 애정 표현으로 보상받았다.

가끔 공연장에 가서 연극을 보는데 사람들이 날 알아보고 박수를 치기 시작한다. 내가 그 자리에 있는 것만으로도 다들 기쁘기 때문이다. 그런 순간이면 무척 영광스럽고 행복하다. 모든 노고가 보람으로 변한다.

빅토리 투어는 원래 《더 파이널 커튼The Final Curtain》이라는 타이틀을 붙이려고 했다. 함께 하는 마지막 투어라는 걸 다 알았기 때문이었다. 하지만 우린 그 점을 너무 부각하지 않기로 결정했다.

나는 투어를 즐겼다. 긴 여정이리란 것은 알았지만, 결국 너무 길다 싶었다. 내게 투어의 백미는 청중석의 아이들을 보는 것이었다. 매일 밤 잘 차려 입은 어린이들이 많이 찾아왔다. 다들 어찌나 신나하는지. 그 투어에서 온갖 인종과 나이의 아이들을 보면서 깊이 감동했다. 세상 사람들을 사랑과 음악으로 하나가 되게 만드는 게 유년기 이후 내 꿈이었다. 지금도 비틀스의 노래 《올 유 니드 이즈 러브All You Need Is Love》를 들으면 소름이 돋는다. 그 곡이 세계의 국가가 되기를 늘 바랐다.

마이애미에서 펼친 공연과 거기서 보낸 시간이 만족스러웠다. 콜로라도도 근사했다. 우린 《캐러부 랜치Caribou Ranch》에서 느긋한 시간을 보내기도 했다. 뉴욕은 늘 그렇듯 정말 딱 좋았다. 엠마누엘 루이스Emmanuel Lewis가 공연에 와주었고, 오노 요코Yoko Ono와 션 레논Sean Lennon, 브룩 쉴즈 등 친한 친구들이 많이 찾아왔다. 돌이켜 보면 콘서트 못지않게 무대 밖 시간도 내게 특별했다. 멋진 쇼를 할 때면 자제력을 잃기도 했다. 재킷을 빙빙 돌리다가 청중석에 던지기도 했다. 의상 담당자들이 성화하면 나는 솔직히 말했다.

"미안하긴 한데 나도 어쩔 수가 없거든요. 자제하지 못하겠어요. 뭔가에 사로잡히고, 그러면 안 되는 줄 알면서도 제어가 안 돼요. 내면에서 환희와 영적인 교감이 생겨서 모든 걸 끌어내고 싶어지거든."

빅토리 투어 중 우린 자넷의 결혼 소식을 알았다. 내가 여동생 자넷과 굉장히 친한 걸 알기에 다들 내게 알리기를 주저했다. 난 자넷을 굉장히 보호하려 한다. 결혼 소식을 내게 알려준 사람은 퀸시 존스의 어린 딸이었다.

예쁜 세 누이와는 아주 친밀한 사이로 우리 관계는 항상 좋았다. 라토야 누나는 정말 좋은 사람이다. 같이 있으면 편안하지만 웃기는 사람이 되기도 한다. 그녀의 방에 들어가면 소파에 앉는 것도 금지, 침대에 걸터앉는 것도 금지, 카펫 위를 걸어 다니는 것도 금지다. 사실이다. 그러면 라토야에게 쫓겨난다. 그녀는 모든 게 완벽하게 그대로 있기를 바란다. 나는 "언젠가는 카펫 위를 걸어 다닐 수밖에 없잖아"

빌 브레이와 즐거운 한 때

라고 항변하지만, 라토야는 카펫에 발자국이 생기는 걸 질색한다. 누가 식탁에서 기침을 하면 그녀는 접시를 덮는다. 재치기라도 할라치면 난리가 난다. 라토야는 그렇다. 어머니는 자신의 예전 모습이라고 말한다.

한편 자넷은 늘 말괄량이였다. 가족 중 가장 오래 내 단짝이었다. 그래서 난 자넷이 집을 떠나 결혼한다니 미칠 것 같았다. 우리는 뭐든 같이 했다. 취미도 같았고 유머 감각도 같았다. 어릴 때 특별한 공연이 없는 쉬는 아침에 일어나면 둘이 하루 계획표를 만들곤 했다. 보통은 이런 식이었다. 기상, 동물들 밥 주기, 아침 먹기, 만화 시청, 극장 가기, 식당 가기, 또 극장 가기, 집에 오기, 수영장 가기. 그게 우리가 생각하는 멋진 하루였다. 저녁이면 일과표를 다시 보면서 재미있게 보낸 시간을 떠올렸다.

자넷과 있을 때 편안한 것은 상대를 거슬릴까 걱정할 필요가 없어서였다. 우린 똑같은 것들을 좋아했다. 가끔 서로 책을 읽어주기도 했다. 자넷은 나와 쌍둥이 같았다.

한편 라토야 누나와 나는 전혀 달랐다. 그녀는 동물의 먹이도 주지 않으려 한다. 냄새 때문에 저만치 도망간다. 극장 나들이는 말할 것도 없다. 내가 왜 《스타워즈Star Wars》《미지와의 조우》《죠스Jaws》를 좋아하는지 누나는 이해하지 못한다. 둘의 영화 취향이 달라도 너무 다르다.

자넷과 있을 때 내가 다른 할 일이 없으면 둘이 같이 어울린다. 하지만 결국 각자 다른 관심사와 애정의 대상이 생기리란 걸 난 알았다.

피할 수 없는 일이었다.

자넷의 결혼 생활은 안타깝게도 오래 지속되지 않았지만, 이제 동생은 다시 행복해졌다. 두 당사자가 결혼에 맞아야 좋은 결혼 생활을 할 수 있다는 생각이 든다. 나는 사랑을 믿는다. 찰떡 같이 사랑을 믿는다. 사랑을 경험해본 사람이라면 어떻게 믿지 않을까? 난 관계를 믿는다. 나도 언젠가 맞는 여성과 만나 결혼하리란 걸 안다. 아빠가 된다는 기대도 종종 한다. 사실 나도 대가족에서 자랐으니 대가족을 일구면 좋을 것 같다. 대가족을 꾸리는 환상 속에서 열세 명의 자녀를 두는 상상을 한다.

당장은 일이 시간과 감정적인 삶의 대부분을 차지한다. 늘 일한다. 창작하고 새 프로젝트를 준비하는 게 좋다. 미래는 《캐세라세라》[13]다. 시간이 말해주겠지. 내가 타인에게 의지하는 사람이 되기는 어렵겠지만, 또 상상도 못할 일은 아니다. 지금은 하고 싶은 일이 너무 많고, 해야 될 일이 너무 많을 뿐.

가끔 내게 향하는 비난을 의식하지 않을 수가 없다. 기자들은 신문을 팔기 위해서는 무슨 말이든 하는 것 같다. 그들은 내가 눈을 키웠다고, 더 하얗게 보이고 싶어 한다고 말한다. 더 하얗게? 무슨 그런 말이 있담? 성형수술을 발명한 사람은 내가 아니다. 성형수술은 오래 전부터 있었다. 성형수술을 받은 좋은 사람들이 아주 많다. 아무도 그

13 Que sera, sera. 될 대로 되라는 의미. 옮긴이 주.

들의 성형에 대한 기사를 쓰지 않고 비난을 퍼붓지도 않는다. 이건 공평하지 않다. 기사의 대부분은 조작이다. "진실한테 무슨 일이 생긴 거야? 유행에 뒤져서 사라진 거야?"라고 묻고 싶어진다.

결국 자신과 사랑하는 이들에게 진실하고 열심히 일하는 게 가장 중요하다. "열심히!"라는 말은 내일이 없는 것처럼 일한다는 뜻이다. 훈련과 노력뿐이다. 제대로 훈련하고 재능을 최대한 발전시키는 것이다. 할 수 있는 한 최고가 되어 한다. 자기 분야를 누구보다도 잘 알아야 한다. 책이든, 댄스 무대든, 수영할 풀장이든 직업과 관계된 수단을 활용해야 한다. 뭐가 됐든 이것은 내 것이다. 그게 내가 늘 기억하려 애쓰는 점이다. 빅토리 투어 중 그런 생각을 많이 했다.

결국 빅토리 투어에서 나는 많은 이들에게 감동을 주었다. 딱히 내가 바라는 방식으로는 아니었지만, 그건 나중에 단독 공연을 하고 영화를 만들 때 가능하리라 느꼈다. 내 공연 수익 전액을 자선단체에 기부했고, 거기에는 펩시 광고 촬영 중 화상을 입은 후에 도움 받은 화상 센터도 포함되었다. 우린 그 해에 4백만 달러 이상을 기부했다. 나에게 빅토리 투어는 그렇게 돌려주는 것이라는 의미가 있었다.

빅토리 투어를 경험한 후, 커리어에 관련해 더욱 신중히 결정하기 시작했다. 빅토리 투어 중 어려움을 겪으면서, 이전 투어에서 얻은 교훈이 생생하게 기억났다.

몇 해 전 투어에 함께 한 사람에게 사기를 당했지만 그에게 배운

게 있었다. 그가 말했다.

"이 사람들 모두는 당신을 위해 일해요. 당신이 이들을 위해 일하는 게 아니에요. 급여를 주는 사람은 당신이니까."

그는 계속 그런 말을 했다. 마침내 그 말뜻이 이해되기 시작했다. 내게는 새로운 개념이었다. 모타운 시절에는 모든 게 주어졌으니까. 남들이 우리 일을 결정했다. 그 경험이 내 마음에 상처로 남아 있다. "너희는 이걸 입어야 해. 너희는 이 곡들을 불러야 해. 너희는 여기 갈 거야. 너희는 이 인터뷰를 하고 저 텔레비전 쇼에 출연할 거야." 매사 그런 식이었다. 우린 아무 말도 할 수가 없었다. 그가 내가 칼자루를 쥐었다고 말했을 때, 마침내 나는 깨어났다. 맞는 말임을 깨달았다.

별별 일을 겪었지만, 그 사람에게 감사할 일이 한 가지 있는 셈이다.

내가 출연한 《캡틴 이오Captain Eo》는 디즈니 스튜디오로부터 디즈니 랜드에 선보일 새 작품을 의뢰 받아서 만든 영화였다. 디즈니 측은 창의적이라면 뭘 해도 상관없다고 했다. 대규모 미팅 석상에서 나는 월트 디즈니가 평생의 영웅이며 디즈니의 역사와 철학에 무척 관심이 많다고 말했다. 월트 디즈니가 좋아할 만한 작품을 선보이고 싶었다. 난 월트 디즈니와 그의 독창적인 제국을 다룬 책들을 많이 읽었고, 그가 흡족할 만한 내용으로 만드는 게 무척 중요했다. 결국 디즈니 사는 영화를 제의했고 나는 동의했다. 조지 루카스George Lucas, 스티븐 스필버그와 작업하고 싶다고 밝혔다. 스필버그는 워낙 바빠서 조지 루카스가 포드 코폴라^{Ford Coppola} 감독을 영입했고, 그렇게《캡틴 이오》팀이 구성되었다.

두어 차례 샌프란시스코로 날아가 루카스의 자택《스카이워커 랜치^{Skywalker Ranch}》를 방문했다. 점점 최신 3D 기술을 접목할 단편 영화의 시나리오가 만들어졌다.《캡틴 이오》는 관객이 우주선을 탄 기분을 느낄 수 있는 영화였다.

《캡틴 이오》는 변화와 음악이 세상을 바꿀 수 있다는 점을 조명한다. 조지 루카스가 제목을《캡틴 이오》로 지었는데 이오는 그리스어로 새벽을 말한다고 했다. 한 청년이 임무를 받고 사악한 여왕이 다스리는 비참한 흑성에 가는 내용이다. 그에게 빛과 아름다움을 흑성 주민들에게 가져다 줄 책임이 맡겨진다. 선이 악을 이기는 이야기다.

《캡틴 이오》를 만들면서 영화 작업에 대한 긍정적인 감정이 더욱 강해졌고, 내 미래의 길이 영화에 있음을 어느 때보다 절감했다. 난 영화를 사랑하고 아주 어릴 때부터 그랬다. 영화는 우리를 두 시간 동안 다른 곳으로 데려갈 수 있다. 영화는 어디든 데려간다. 그게 마음에 든다. 앉아서 이렇게만 말하면 된다.

"됐어. 이제 다른 것은 아무 것도 존재하지 않아. 나를 멋진 곳으로 데려가서, 압박감과 걱정과 일과를 잊게 해줘."

또 35mm 카메라 앞에 있는 게 좋다. 예전에 형제들은 "이 촬영이 빨리 끝나면 좋겠다"라고 말하면, 난 그들이 왜 촬영을 즐기지 않는지 어리둥절했다. 나는 지켜보면서, 연출자가 얻으려는 게 무엇인지, 조

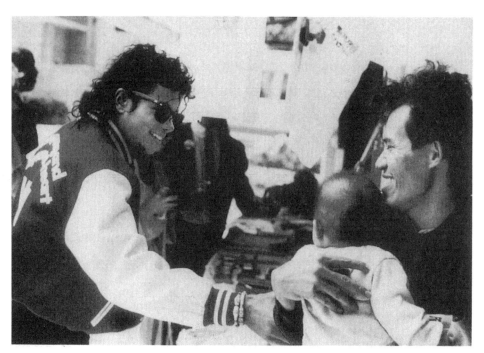

나는 아이들을 좋아한다. 1987년, 중국에서

명 감독이 뭘 하는지 배우고 터득하려 애썼다. 조명이 어디서 오는지, 연출자는 왜 한 장면을 여러 번 찍으려고 하는지 궁금했다. 대본을 바꾸는 과정을 듣는 게 재미있었다. 난 영화에서 계속 교육받았다고 생각한다. 새 아이디어를 개척하는 게 내게는 너무 짜릿하지만, 현재 영화산업은 아이디어 기근에 시달리는 것 같다. 너무 많은 사람들이 똑같이 한다. 대형 영화사들을 보면, 예전에 모타운이 우리와 이견이 생겼을 때 취한 방식이 떠오른다. 그들은 쉬운 답을 원하고, 사람들이 공식에 맞춰 일하길 바란다. 입증된 일만 하려고 하니 당연히 대중이 지루해한다. 아주 많은 사람들이 구태의연한 일을 한다. 조지 루카스와 스티븐 스필버그는 예외적인 인물들이다.

나는 변화를 창출할 것이다. 언젠가 주변 상황을 바꾸려고 노력할 것이다.

말론 브란도는 무척 가깝고 신뢰하는 친구가 되었다. 그에게 셀 수 없이 많은 걸 배웠다. 우린 나란히 앉아 몇 시간이고 대화한다. 그가 영화에 대해 아주 많은 것을 말해주었다. 말론은 경이로운 배우이자, 업계의 거물들, 다른 배우들부터 수많은 카메라맨들과도 많은 작업을 했다. 영화제작의 예술적 가치를 존중하는 그에게 경외심이 생긴다. 말론은 내게 아버지와도 같다.

그래서 요즘 영화가 내 1번 꿈이지만 다른 꿈들도 많다.

1985년 초 심야에 스타 군단이 모여 《위 아 더 월드We Are the World》를 녹음했다. 《아메리칸 뮤직 어워즈》 행사가 끝난 후였다. 나는 에티오

피아와 수단의 굶주린 사람들에 대한 놀라운 필름을 본 후 라이오넬 리치Lionel Richie와 이 곡을 썼다.

그 무렵 자넷에게 흥미로운 음향을 내는 방에 같이 들어가자고 조르곤 했다. 욕실의 옷장 같은 데 들어가서 나는 한 소절만, 한 소절의 리듬만 흥얼댔다. 가사도 없이 목구멍 밑에서 허밍을 했다. 그리고 그녀에게 말했다.

"자넷, 뭐가 보여? 이 소리를 들을 때 뭐가 보이니?"

"아프리카에서 죽어가는 아이들." 자넷이 대답했다.

"맞아. 바로 그게 내 영혼에서 흘러나왔어."

"오빠는 아프리카를 말하고 있구나. 죽어가는 아이들에 대해서." 자넷이 고개를 끄덕였다.

거기서 《위 아 더 월드》가 나왔다. 어두운 방에 들어가서 나는 동생에게 흥얼거렸다. 난 가수라면 그렇게 할 수 있다고 믿는다. 어두운 방에서도 공연하고 영향을 줄 수 있다. 텔레비전 때문에 많은 걸 잃었다. 발전된 새로운 기술 없이, 화면 없이 오로지 소리만으로 감동을 줄 수 있다.

난 아주 어려서부터 공연을 해왔다. 난 비밀을, 그런 비밀을 많이 안다.

《위 아 더 월드》는 굉장히 영적인 노래지만 특별한 의미의 영감이다. 내가 그 노래의 일부였기에, 그리고 그날 밤 거기 모인 뮤지션들 중 한 명이어서 자랑스러웠다. 우린 변화를 만들고 싶은 마음으로 하나가 되었다. 그 일은 우리에게는 더 나은 세상을 만들어주었고, 돕고 싶은 굶주린 이들에게는 변화를 일으켰다.

우린 그래미 상 몇 부문을 수상했고, 《위 아 더 월드》가 《빌리 진》과 엮여서 나오는 쉬운 버전들이 엘리베이터에서 들리기 시작했다. 처음 곡을 쓴 후, 어린이들이 부르면 좋겠다고 생각했다. 마침내 프로듀서 조지 듀크의 버전으로 어린이들이 부른 곡을 듣고 나는 거의 울 뻔했다. 들어본 중 최고의 버전이었다.

《위 아 더 월드》 이후 다시 대중의 시야에서 물러나기로 결정했다. 2년 반 동안 《스릴러》의 후속 음반을 녹음하는 데 대부분의 시간을 할애했다. 《뱃Bad》이라는 타이틀의 앨범이었다.

254

《뱃》을 만드는 데 왜 그리 오래 걸렸을까? 대답은 퀸시와 내가 완벽에 가까운 앨범을 만들기로 작정해서였다. 완벽주의자는 시간을 많이 들이기 마련이다. 완벽해질 때까지 모양을 잡고 틀을 만들고 조각한다. 스스로 만족하기 전에 밖에 내보내지 못한다. 그럴 수가 없다.

이게 아니다 싶으면 내던져버리고 다시 시작한다. 제대로 될 때까지 거기 매달린다. 이 이상 나올 수 없다 싶어져야 밖에 내놓는다. 딱 맞게 될 때까지 매진하고 바로 그게 비결이다. 그게 30위 음반과 몇 주간 계속 1위를 지키는 1위 앨범의 차이다. 훌륭해야 한다. 그러면 순위를 지키게 되고 또 온 세계가 언제 그 순위가 내려갈지를 궁금해 한다.

퀸시 존스와 내가 같이 앨범을 만드는 방식을 설명하기는 어렵다. 내가 곡들을 쓰고 음악으로 만들면, 퀸시가 내게서 가장 좋은 걸 끌어낸다. 이 정도 설명밖에 못하겠다. 퀸시는 귀담아 듣고 변화를 만들어낸다. 그가 "마이클, 그 부분에 변화를 줘야겠는 걸"이라고 말하면, 나는 고쳐서 쓴다. 그는 나를 이끈다. 내가 창의력을 발휘해 새로운 사운드를, 새로운 음악을 만들도록 돕는다.

또 우린 싸운다. 《뱃》을 만들면서 어떤 부분에 이견이 있었다. 갈등이 있다면 새로운 기법, 최신 테크놀러지 때문이다. 나는 그에게 자주 말하곤 했다.

"퀸시, 음악은 항상 변한다고요!"

나는 사람들이 하는 최신 드럼 사운드를 원한다. 최신을 넘어서고 싶다. 그러면 우린 밀고 나가 역량을 다해 최고의 음반을 만든다.

팬들을 이용하려고 해본 적이 없다. 노래의 질을 높이려고 애쓸 뿐이다. 사람들은 쓰레기를 사지 않는다. 마음에 드는 것만 산다. 차를 타고 레코드가게까지 가서 카운터에서 돈을 내는 수고를 할 정도라면, 살 물건이 진짜 마음에 들어야 된다. "컨트리 송 시장이 있으니 여기 컨트리 송 한 곡을 넣고, 록 시장이 있으니 저기 록 한 곡을 넣어야지"같은 방식은 곤란하다. 난 모든 음악 스타일에 친밀감을 느낀다. 록, 컨트리, 팝, 올드 록큰롤 음반들을 다 좋아한다.

우리는 록 타입의 노래를 《비트 잇》다음으로 넣었다. 에디 반 할렌이 기타를 연주했는데 그는 이 분야에서 최고였기 때문이다. 앨범 속

255

에는 모든 사람들과, 모든 취향을 다 음악으로 묶어서 담아야 하는 것이다.

결국 저절로 만들어지는 노래가 많다. "그래 이거지. 바로 이렇게 되는 거야"라고 말하면 그만이다. 물론 모든 곡이 신나는 댄스 템포는 아니다. 《록 위드 유》는 빠른 댄스 템포는 아니다. 예전 댄스에 맞춘 록 곡이다. 하지만 《돈 스탑》《워킹 데이 앤 나이트》의 리듬, 그리고 《스타팅 썸씽 Startin' Something》 타입은 댄스 무대에서 땀을 흘리며 춤출 수 있는 곡이다.

장기간 《뱃》 작업을 했다. 몇 년이나 계속된 일이다. 결국 완성된 작품이 만족스러웠으니 그럴 가치가 있었지만 어려운 과정이었다. 자신과 경쟁하는 기분이어서 많이 긴장되었다. 자신과 경쟁하면서 창작하기란 무척 어렵다. 내가 어떻게 보든 사람들은 늘 《뱃》과 《스릴러》를 비교하기 때문이다. 내가 항상 "아이고, 《스릴러》는 잊어버려요!"라고 말해도 아무도 그러지 않는다.

하긴 이런 상황이 조금은 유리하다. 난 늘 압박감 속에서 최고를 만드는 사람이거든.

《뱃》은 거리의 이야기를 다룬 곡이다. 나쁜 동네 출신 아이가 먼 사립 기숙학교로 떠난다. 방학이 되어 집에 돌아오니 동네 아이들이 괴롭히기 시작한다. 아이는 노래한다. "난 나빠, 너희는 나빠, 누가 나쁘고 누가 최고지?" 아이는 강하고 착하다가 나빠지기도 한다고 말한다.

《맨 인 더 미러Man in the Mirror》는 큰 메시지를 담고 있다. 내가 사랑하는 노래다. 존 레넌이 살아 있다면, 이 곡에 공감할 수 있을 것이다. 세상을 더 나은 곳으로 만들고 싶으면 자신부터 돌아보고 먼저 변해야 된다는 내용이니까. "조국이 당신을 위해 뭘 할 수 있는지 묻지 말고, 당신이 조국을 위해 뭘 할 수 있는지 물으십시오"라는 케네디 대통령의 말도 일맥상통한다. 세상을 더 좋은 곳으로 만들고 싶으면 자신을 돌아보고 변하라. 거울에 비친 사람부터 시작하라. 자신부터 시작하라. 다른 것들을 쳐다보지 말라. 당신부터 시작하라.

그게 진실이다. 바로 마틴 루터 킹과 간디Gandhi의 가르침이다. 그게 내 믿음이다.

누군가를 마음에 두고 《캔트 스탑 러빙 유Can't Stop Loving You》를 썼냐는 질문을 간혹 받는다. 나는 아니라고 대답한다. 누군가를 생각하면서 노래했지만 곡을 쓸 때는 아니었다.

두 곡을 제외하면 《뱃》에 실린 곡들은 전부 내 자작곡들이다. 《맨 인 더 미러》는 사이다 가렛Siedah Garrett이 조지 발라드George Ballard와 썼고, 《저스트 굿 프렌즈Just Good Friends》는 티나 터너Tina Turner의 《왓츠 러브 갓 투 두 위드 잇What's Love Got to Do with It》을 쓴 두 사람이 썼다. 나와 스티비 원더가 부를 듀엣 곡이 필요했는데 이 곡이 있었다. 그들은 곡을 만들면서 듀엣을 염두에 두지 않았을 거다. 그들이 나를 위해 쓴 곡이었지만, 난 스티비와 부르기에 알맞다고 느꼈다.

《어나더 파트 오브 미Another Part of Me》는 《뱃》의 콤팩트디스크에만 수록되었다. 보컬을 켜켜이 쌓느라 애를 먹었다. 난 이 곡에 단순한 메시지를 보낸다. "날 내버려둬요". 남자와 여자의 관계를 다룬 노래다. 그렇거니와 늘 나를 괴롭히는 사람들에게 말하고 싶은 말이다.

"날 내버려둬요!Leave Me Alone!"

성공에 대한 압박감은 사람을 이상하게 만든다. 많은 이들이 아주 빨리 성공해서 인생에서 일찌감치 그런 경험을 한다. 그 중에는 성공이 일회성 사건이고, 그 상황을 어떻게 감당할지 모르는 경우가 많다.

나는 이 업계에 몸담은 지 오래 되어서 명성을 다른 관점으로 본다. 하나의 개인으로서 나를 지킬 방법은, 개인적으로 나서지 않고 최대한 눈에 띄지 않는 것임을 배웠다. 장단점이 다 있는 방법이긴 하다.

프라이버시가 없다는 것이 가장 힘든 부분이다. 《스릴러》를 촬영할 때 재키 오나시스와 샤에 아르허트Shaye Areheart가 책을 의논하려고 캘리포니아에 왔다. 어디든 수풀 속에 사진사들이 숨어 있었다. 우리가 뭘 하든 그들의 눈에 띄어 보도될 수밖에 없었다.

유명세의 대가는 심각할 수도 있다. 그걸 치를 가치가 있을까? 프라이버시가 전혀 없다고 가정해보자. 특별한 조치를 하지 않고는 아무 일도 할 수가 없다. 무슨 말을 하던 신문기자들이 써댄다. 뭘 하던 기사가 난다. 그들은 내가 뭘 사는지, 어떤 영화를 보는지, 뭐든 안다. 내가 공공 도서관에 가면 그들은 내가 찾아본 책들의 제목을 기사화한다. 플로리다에서 내 일정 전체가 신문에 난 적도 있다. 오전 10시부터 저녁 6시까지 내가 한 모든 일이 기사에 실렸다. "그는 이 일을 한 후 저 일을 했고, 저 일을 한 후에는 거기 갔고 그 후 여기 저기 들른 다음……."

이런 생각을 했던 기억이 난다. "내가 신문에 보도되면 곤란한 일을 한다면 저들은 어떻게 될까?" 이런 것이 유명세의 대가다.

대중은 왜곡된 내 이미지를 본다. 앞서 말한 언론보도 때문에 대중은 내 모습을 명확하거나 전체적으로 보지 못한다. 거짓이 사실로 보도되기 일쑤고, 이야기의 절반만 보도되기는 다반사다. 흔히 사실을 명확히 보여주는 선정적이지 않은 부분은 보도되지 않고, 선정적인 부분만 보도된다. 그 결과 내가 커리어와 관련해 직접 결정하지 않는다고 생각하는 이들도 있다. 그렇게 말도 안 되는 소리인데도 말이다.

나는 강박적으로 프라이버시를 지킨다는 비난을 받고, 그건 사실이다. 유명해지면 사람들이 쳐다본다. 늘 관찰 당하고 이해할 만도 하지만, 그게 항상 편하지는 않다. 왜 대중 앞에서 자주 선글라스를 쓰느냐는 질문을 받으면, 계속 모든 사람의 눈을 봐야 되는 걸 피하고 싶어서라고 대답한다. 사랑니를 뺐을 때, 감염을 막으려고 수술용 마스크를 쓰고 집에 갔다. 한동안 그걸 쓰고 다니는 게 재미있었다. 프라이버시가 없는 생활을 하니, 일부나마 가리는 게 자신에게 가벼운 휴식을 주는 방법이다. 이상하게 보이겠지만, 나는 프라이버시가 좋다.

유명세를 좋다 싫다로 대답할 수는 없지만 목표를 이루는 것은 정말 좋은 것이다. 스스로 설정한 지점에 다다르는 게 아니라 그 이상을 하는 게 좋다. 내가 할 수 있다고 예상한 목표치 이상을 해내면 얼마나 흐뭇한지. 그런 느낌은 다시없다. 스스로 목표를 설정하는 게 중요하다. 그러면 어디로 가고 싶은지, 어떻게 거기 이를지 아이디어가 생긴다. 목표를 정하지 않으면 거기 다다를 수도 있었는지 아닌지도 모른다.

나 자신에게 노래하고 춤추라고 요청하지 않는다는 농담을 자주 한다. 하지만 사실이다. 입을 열면 음악이 밖으로 나온다. 영광스럽게도 이 능력을 가졌다. 그런 능력을 주신 신께 매일 감사드린다. 나는 받은 재능을 키우려고 애쓸 뿐이다. 그래야 될 의무감을 느낀다.

우리 주변에는 감사할 일들이 참 많다. 나뭇잎에서 세상을 볼 수 있다고 쓴 사람이 로버트 프로스트^{Robert Frost}였던가? 맞는 말이다. 그래서 아이들이랑 있는 게 좋다. 아이들은 모든 것을 알아차린다. 지치지 않는다. 어른들이 이미 오래 전 흥분하지 않게 된 일들에 대해 아이들은 흥분한다. 또 굉장히 자연스럽고 부끄러워하지 않는다. 아이들과 어울리는 게 좋다. 늘 집에 아이들이 찾아오고 언제라도 환영이다. 아이들은 내게 에너지를 준다. 곁에 있는 것만으로도. 모든 걸 새로운 눈으로 보고 매사에 마음을 활짝 연다. 그런 점들이 창의력을 발휘하게 한다. 아이들은 규칙을 걱정하지 않는다. 종이 한 가운데 그림을 그릴 필요가 없다. 하늘을 파랗게 칠하지 않아도 된다. 아이들은 사람들도 받아들인다. 공평하게 대접해달라는 요구밖에 하지 않는다. 그거야 누구나 원하는 바가 아닐까.

내가 만나는 아이들에게 영감을 준다고 생각하고 싶다. 내 음악을 좋아하면 좋겠다. 누구보다 어린이들의 인정이 큰 의미를 준다. 어느 곡이 히트할지 항상 아이들이 먼저 안다. 아직 말을 못하는 아기도 리듬을 탈 줄 안다. 우습다. 하지만 아이들은 까다로운 청중이다. 사실 가장 어려운 청중이다. 부모들이 내게 아기가 《비트 잇》을 안다고 하거나 《스릴러》를 좋아한다고 말한다. 조지 루카스는 딸이 처음 배운 말이 "마이클 잭슨"이었다고 했다. 그 말을 들으니 구름을 타고 떠다니는 기분이었다.

쉬는 동안에 캘리포니아를 여행 하면서 어린이 병원에 자주 찾아간다. 내가 등장해서 대화하고, 말을 들어주고 즐겁게 해서 아이들의 하루를 밝게 만들어주면 행복하다. 아이들이 병에 걸렸다는 게 너무 속상하다. 누구보다 아이들은 그런 일을 당하면 안 되는데. 뭐가 문제인지 모르는 경우도 흔하다. 내 가슴이 미어진다. 그저 안아줘서 달래주고 싶을 뿐이다. 이따금 아픈 아이들이 내 집이나 여행 중에 호텔로 찾아온다. 부모가 연락해서 자녀가 몇 분만 방문해도 될지 묻는다. 가끔 아이들과 있으면, 내 어머니가 소아마비를 안고 살아온 세월이 고스란히 이해된다. 인생은 너무도 귀하고 짧으니 사람들에게 손을 내밀어 마음을 나눠야 한다.

피부 트러블과 청소년기 급성장을 겪을 때, 나를 외면하지 않은 팬은 바로 아이들이었다. 내가 더 이상 어린 마이클이 아니라는 사실을, 겉모습은 변했어도 내면은 똑같다는 사실을 아이들만 인정했다. 아이

들은 대단하다. 아이들을 돕고 기쁘게 하는 것만으로도 내가 살아갈 이유로 충분하다. 아이들은 놀랍다. 정말 놀랍다.

나는 삶의 통제권을 꽉 틀어쥐고 있는 사람이다. 능란하게 일을 하는 팀이 있어서 MJJ 프로덕션에서 벌어지는 모든 상황을 내게 알려 준다. 그래서 내가 선택하고 결정할 수 있다. 창작 부문은 내 영역이고, 나는 무엇보다 인생의 이 부분을 즐긴다.

언론에 내가 선량한 척 하는 이미지로 비친다는 걸 알고, 그게 마음에 들지 않는다. 하지만 평소 나에 대해 말하지 않기 때문에 맞서 싸우기가 힘들다. 난 수줍음을 많이 탄다. 그건 사실이다. 인터뷰를 하거나 토크쇼에 출연하는 걸 꺼린다. 《더블데이Doubleday》 출판사로부터 이 책을 제안 받자, 책에서 내 감정을 내 언어와 목소리로 말한다는 데 흥미가 생겼다. 일부 오해들이 풀리면 좋겠다.

누구나 다양한 면을 가졌고 나도 다르지 않다. 대중 속에서 자주 수줍고 내성적이 된다. 카메라와 사람들의 눈길을 받지 않을 때는 느낌이 다르다. 친구들, 가까운 동료들은 다른 마이클이 있는 걸 안다. 가끔 대중 속에서 유별나 보이는 상황에서는 그 모습을 보이기가 어렵다.

하지만 무대에 오르면 달라진다. 공연할 때는 빠져든다. 내가 완전히 무대를 장악한다. 아무 생각도 하지 않는다. 무대에 오른 순간부터 내가 뭘 하고 싶은지 알고, 매순간을 사랑한다. 사실 무대에서는 느긋하다. 완전히 긴장이 풀린다. 기분이 좋다. 녹음실에서도 편안하다. 뭔가 제대로고 아닌지 안다. 제대로가 아니라면 어떻게 고쳐야 될지 안

1987년, 뉴욕의 지하철에서『배드』를 촬영함

다. 모든 게 제 자리에 있고, 그 느낌이 좋으면 충만감에 젖는다. 사람들은 내 작곡 능력을 과소평가했다. 나를 작곡가로 보지 않아서, 내가 노래들을 발표하면 이런 식으로 쳐다보곤 했다. "실제로 저 곡을 누가 쓴 거야?" 무슨 생각을 그렇게 하는지 모르겠다. 내 뒤에 대신 곡을 써주는 사람이 있다고 의심했을까? 하지만 시간이 그런 오해를 풀어주었다. 나는 늘 증명해야 하고, 믿지 않으려는 이들도 많다. 월트 디즈니가 처음 일을 시작했을 때 스튜디오들을 전전하면서 작품을 팔려고 했지만 거절당한 사연을 들은 적이 있다. 마침내 그에게 기회가 주어졌을 때는 다들 그가 최고라고 생각했다.

가끔 부당한 대우를 받으면 더 강하고 단호해진다. 노예제도는 끔찍한 일이었지만, 마침내 미국 땅에서 압제로부터 벗어나자 흑인들은 더욱 강해졌다. 남에게 삶을 저당 잡혀 영혼이 망가지는 게 어떤 것인지 그들은 알았다. 그래서 다신 그런 꼴을 당하지 않으려고 했다. 그런 저력이 감탄스럽다. 사람들은 저항하고 신념에 피와 영혼을 바친다.

나는 어떤 사람이냐는 질문을 자주 받는다. 이 책이 일부 대답이 되면 좋겠지만, 이런 얘기도 도움이 될지 모르겠다. 좋아하는 음악은 다양하다. 예를 들면 클래식 음악을 사랑한다. 드뷔시Debussy의 열렬한 팬이다.《서곡부터 목신의 오후와 달빛Prelude to the Afternoon of a Faun and Clair de Lune》을 자주 듣는다. 프로코피예프Prokofiev도 좋다.《피터와 늑대 Peter and the Wolf》는 몇 번이고 들을 수 있다. 코플랜드Copland는 평생 동안 내가 가장 좋아한 작곡가다. 그의 독특한 관악기 사운드는 들으면 금방 안다. 그의 발레《빌리 더 키드Billy the Kid》는 정말로 굉장하다. 차이코프스키Tchaikovsky도 많이 듣는다. 그의 대표작인《호두까기 인형The Nutcracker Suite》은 나의 애청곡이다. 여러 음악을 다양하게 수집했다. 그리고 어빙 벌린Irving Berlin, 조니 머서Johnny Mercer, 러너 앤 로에베Lerner and Loewe, 해롤드 알르렌Harold Arlen, 로저스 앤 해머스타인Rodgers and Hammerstein, 홀랜드–도지어–홀랜드Holland-Dozier-Holland 같은 예술가들을 정말 존경한다.

멕시코 음식을 무척 좋아한다. 채식주의자여서 다행히 신선한 과일과 야채가 가장 좋아하는 음식이다.

장난감과 기기들을 좋아한다. 최신 제품이 출시되는 걸 보는 게 즐겁다. 진짜 멋진 제품이 나오면 구입한다.

난 영장류, 특히 침팬지를 아주 좋아한다. 버블이라고 부르는 내 침팬지는 언제나 즐거움을 준다. 버블을 여행이나 나들이에 동반할 때도 많다. 녀석 덕분에 마음을 딴 데 돌릴 수 있다. 멋진 반려동물이다.

엘리자베스 테일러를 사랑한다. 그녀의 용기에 감동받는다. 그녀는 정말 많은 일을 겪었고 이겨냈다. 온갖 풍상을 지나 두 발로 굳건히 걸어 나왔다. 그녀에게 강한 유대감을 갖는 것은 둘 다 어린이 스타였던 경험이 있기 때문이다. 처음 전화 통화를 시작했을 때, 그녀는 오래 안 기분이었다고 말했다. 나도 마찬가지였다.

캐서린 헵번도 친한 친구다. 처음에는 그녀를 만나기가 두려웠다. 처음 제인 폰다Jane Fonda의 초대로《황금 연못On Golden Pond》촬영장에 머물러 갔을 때 캐서린과 한참 대화했다. 다음 날 밤 캐서린의 식사 초대를 받았다. 난 무척 운이 좋다고 느꼈다. 이후 서로 방문하고 가까운 사이로 지냈다. 그래미 어워즈 시상식에서 내 선글라스를 벗긴 게 그녀였던 걸 기억하길. 캐서린은 내게 큰 영향을 준다. 그녀 역시 강인하고 개인적인 사람이다.

나는 연예인들은 팬에게 모범이 되려고 노력해야 된다고 믿는다. 시도만 하면 대단한 일을 할 수 있는 게 놀랍다. 압박을 받으면 떨치고 그걸 이용해 무슨 일이든 더 좋게 만들어야 된다. 연예인들은 강인하고 공정해야 되는 빚을 지고 있다.

과거에 연예인들은 비극적인 인물인 경우가 많았다. 대단한 인물들이 압박감이나 약물, 특히 술 때문에 고통을 받거나 죽었다. 정말 슬픈 일이다. 그들이 나이 들면서 발전하는 모습을 볼 수 없으니 팬으로서 속은 기분이 든다. 1980년대에도 생존했다면 마릴린 먼로Marilyn Monroe는 어떤 연기를 했을까, 지미 헨드릭스Jimi Hendrix는 어떤 음악을 했을까.

많은 유명인들은 자녀가 연예인이 되는 게 싫다고 말한다. 심정은 이해되지만 동의하지는 않는다. 아들이나 딸이 있다면 나는 이렇게 말하겠다.

"어쨌든 내 손님이 되어봐. 거기 발을 들여놔. 하고 싶으면 그렇게 해."

사람들을 행복하게 만들고, 근심과 걱정에서 벗어나 마음을 가볍게 해주는 것이 내겐 가장 중요하다. 사람들이 내 공연을 보고 나가면서

조카 태지와 나는 즐거운 시간을 보냈다.

호주 시드니에 도착했을 때, 손에는 젊은 팬에서 받은 선물이다.

"멋있었어. 다시 오고 싶다. 즐거운 시간을 보냈어"라고 말하면 좋겠다. 나에게는 그게 전부다. 얼마나 멋진가. 그래서 유명인들이 자녀가 연예인이 되는 게 싫다고 말하는 게 난 이해되지 않는다.

　자신이 상처를 받았기 때문에 그렇게 말하겠지. 그건 이해가 된다. 나도 겪은 일이기에.

마이클 잭슨

캘리포니아 엔시노에서

1988년

사람이 바라는 것은 진실에 감동받는 것이다. 또 그 진실을 해석해서, 절망이든 환희든 느끼고 경험하는 것이 삶에 의미를 더하고 타인들을 감동시킬 수 있기를 바란다.

이것은 가장 높은 형태의 경지에 오른 예술이다. 그 각성의 순간들이 내가 계속 살아가는 이유다.

– 마이클 잭슨

「스무드 크리미널」촬영 중의 휴식 때. 션 레논, 브랜던 아담스, 그리고 캘리 파커와 함께

문워크 개정판의 후기

재클린 케네디 오나시스와 샤에 아르허트는 1998년《문워크》를 출간한 더블데이 출판사 편집자들이다.

마이클 잭슨은 전염되는 웃음과 놀라운 유머감각을 가지고 있다. 재클린 케네디 오나시스와 내가 1983년 엔시노에 있는 그의 집을 처음 방문했을 때, 그는 품위 있고 매력적이었다. 그를 기다리면서 우리는 그의 어머니 캐서린과 고등학생처럼 풋풋해 보이는 라토야, 자넷에게 인사를 했다. 마이클은 평소 그의 복장인 검은색 로퍼, 흰 양말, 하얀 셔츠 위에 하얀색(또는 검은색) 긴 옥스퍼드 셔츠를 입고 있었다. 그는 상냥하고 부끄럼을 타는 성격이었지만, 집에 재키를 초대한 것을 영광스럽게 여겼고, 그녀와 내가 책 출간을 제안하자 기뻐했다.

우리는 잭슨 부인이 대접한 음식을 먹으며 즐겁게 이야기를 나눴다. 마이클이 집 구경을 시켜주었고 우리는 그의 트로피들, 명판들,

황금 레코드 그리고 프레드 에스테어, 제임스 브라운, 엘리자베스 테일러, 그리고 1984년에 미국에서 유명한 사람들과 함께 찍은 사진들을 볼 수 있었다. 마이클은 흠잡을 데 없는 매너를 가지고 있었고, 자만하지 않았다. 하지만 그는 인디애나 게리의 어린 소년이 모든 것을 이뤘다는 사실은 자랑스러워했다.

마지막으로 구경한 방에는 굉장히 큰 테라리엄이 있었는데 뚜껑이 덮여 있었다. 그것은 낮은 테이블 위에 있었는데, 그 안에 뭐가 들어 있는지 보기 힘들었다. 재키와 나는 새장에 있는 아름다운 새들을 감탄하면서 주변을 둘러보았다. 그 때, 그가 우리를 바라보고 미소 지으며 이렇게 말했다.

"샤에, 머슬즈를 잡아볼래요?"

쭉 뻗은 그의 팔에는 보아뱀이 있었다. 나는 그 뱀을 건네 받았는데 놀랍게도 그것은 꼭 축축한 실크 같았다. 뱀이 옆으로 움직이면서 바닥으로 떨어질 뻔했고, 그것에 깜짝 놀라 소리를 지르자 마이클은 실망한 표정을 지었다. 나중에 한참이 지나고 나서야, 마이클은 그 일로 나를 놀렸다. 그는 내가 뱀을 보고 깜짝 놀라 소리를 지르거나, 도망가기를 기대했었다고 한다. 정말 그때도, 지금도 그는 어린 아이 같은 마음을 가지고 있다.

우리가 로스엔젤레스에 있을 때, 마이클은 《스릴러》의 뮤직비디오를 제작했고, 그는 자신이 만든 것을 보여주기 위해 우리를 초대했다. 다음 날, 우리는 스튜디오로 갔고, 그곳에서 비디오 감독인 존 랜디스John Landis를 만났고 세트장을 구경했다. 세트장에는 귀신이 나올 것 같은 구덩이가 있었다. 마이클과 존은 우리에게 다칠 수도 있다며 보험을 들었는지 장난삼아 물어보았다. 그리고 트레일러 위에서 책에 대해 설명했다. 그는 굉장히 시각적인 것을 좋아하는 살함이었고, 티테이블용 책이 되었으면 좋겠다고 말했다. 우리는 특별한 구성 방식을 세워놓지 않아 그것에 대해 이야기를 나눴다. 그 때, 마이클은 재키에게 책이 다 완성되면 서문을 써줄 수 있는지 물어보았고, 그녀는 동의했다. 우리는 거래를 마치고 뉴욕으로 돌아왔고, 모험을 시작했다.

사 년이 넘도록 마이클이 《문워크》를 쓰는 동안, 나는 그와 간간이 만나 여행을 했다. 그 때, 나는 마이클이 기뻐하는 모습과 우리가 대부분 현실이라고 하는 것에 대한 그의 신선한 관점을 볼 수 있었다. 마이클은 예술가였고, 우리와 달랐다. 그들은 판에 박힌 삶을 거부하지만, 남을 괴롭히지는 않는다.

우리 모두가 알고 있는 마이클은 어린 시절을 박탈당했고, 그것은 그를 괴롭게 하고 《네버랜드Neverland》에 그를 붙잡아 두었다. 그는 어린 시절이 얼마나 중요하고 특별한지 알았다. 그는 오랫동안 어른처럼 행동해야 했고, 호기심 가득한 눈으로 어른들의 기만적인 잔인함, 험담, 두려움을 바라보았다. 어린 나이에 그런 것을 목격한 마이클은 절대 그렇게 살지 않겠다고 다짐했다. 그는 어린 시절에 있어 가장 기본적인 것들을 박탈당했고, 친구들과 어울려 놀거나 말썽을 일으키는

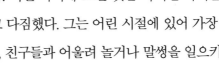

대신에 일을 해야 했다. 그는 나이트클럽에서부터 콘서트장, 술 취한 사람들이 몰려 있는 담배 냄새 자욱한 곳,《에드 설리반 쇼》까지 모든 곳에서 공연을 했다. 진정한 어린 시절이라고 말할 수 없다. 어린 아이에게는 너무나 고된 일이었고, 무거운 짐이었다. 나이를 먹고, 경제적으로도 안정되었을 때, 그는 자신의 세계를 창조한다. 평화와 친절함이 넘치는 곳, 온갖 종류의 사탕을 맛볼 수 있고, 팝콘과 음료수가 가득한 텅 빈 영화관에 앉아 영화를 볼 수 있고, 선원 옷을 입은 침팬지들이 있고, 즐거움만이 존재하는 그런 곳을 말이다. 그는 여러 번 이렇게 말했다.

"아이들은 당신을 속이지 않아요. 아이들은 순수하고 순진해요. 아이들과 함께 있는 것은 축복이에요. 천사와 함께 있는 것과 같지요"

그래서 그는 어린이 관련 회사를 차리고 싶어 했다.

재키와 나는 마이클에게 그의 삶에 대한 글을 써보길 부탁했다. 왜냐하면 그 프로젝트를 시작할 때만 해도 이미 그는 20년 정도 쇼 비즈니스의 경력이 있었다. 그는 프레드 에스테어가 감탄한 뛰어난 연주자이자 가수, 작곡자, 그리고 댄서이다. 이 놀라운 사람이 무슨 말을 했을까? 그가 말하고 싶은 것은 무엇일까? 그가 경험한 것은 무엇일까? 그것이 드러나면서, 그는 너무 오랫동안 사람들의 주목을 받아 그의 팬들이 볼 수 없고 알지 못하는 것을 철저하게 보호했다. 그는 그의 삶의 모든 순간을 글로 표현했다. 사람들은 그의 사실과 거짓 정보를 들어왔다. 그래서 그는 자신의 말로 진실을 바로 잡자는 생각을 좋아했는데, 그 자신과 그가 사랑한 사람들에 대한 몇 가지는 남겨 두겠다고 했다.

우리는 디자이너 J.C. 슈아J.C. Suares와 함께 미술 용품을 사 들고 마이클을 보기 위해 두 번째로 로스엔젤레스로 갔다. 우리는 마이클의 넓은 식탁 주위에 서 있었고, 마이클은 어떤 책을 원하는 지에 설명했다. 그림 그리는 것을 좋아하는 마이클과 슈아는 페이지를 스케치하고, 끊임없는 가능성에 대해 이야기했다.

이렇게 완성된 《문워크》는 당신 손에 있는 것이다. 작은 책이지만 그 안에는 마이클이 좋아하는 사진과, 자신이 직접 그린 그림, 우리에게 직접 해준 사인이 들어 있다. 우린 그 사인을 속표지에 사용할 수 있었다. 그는 팬들을 사랑했고, 자신의 책을 가진 모든 사람들 직접 사인을 받은 것처럼 느끼고 기뻐하길 원했다.

마이클은 놀라운 통찰력을 가졌다. 그는 흰 장갑과 손끝에 하얀 테이프를 붙이는 생각을 했다. 그는 파란색 양복 차림을 한 경찰들이 행진을 할 때의 모습을 보고 멋지단 생각을 했고, 사람들에게 인상적이고 감격적으로 보인다는 것을 알았다. 그는 자신의 뮤직 비디오를 마치 단편 영화처럼 생각하고 감독했지만, 단편 영화가 되는 것을 거부하고 그만의 뛰어난 재능을 찾아냈다.

그와 함께 있을 때, 사람들이 그에게 와서 자신들이 창조하고 싶은 것에 대해 그의 동의를 얻으려는 모습을 본 적이 있다. 그는 최고의 작품이 되길 원했고, 사람들이 돈을 지불할 만한 가치가 있어야 한다고 봤으며, 영원히 지속되길 바랐다. 그는 완벽주의자였다. 뮤직 비디오를 다시 볼 때도, 그는 아주 사소한 부분까지 신경을 쓰고, 모든 장면, 의상, 조명에 대해 주의를 기울였다. 그의 손이 안 닿는 곳이 없었고, 정확한 그의 눈은 최종 결정권을 가지고 있었다.

나는 그가 책에도 그만큼의 관심을 가져주길 원했다. 그는 밖에 나갈 때도 책을 가지고 다닐 만큼 책을 좋아하지만, 글을 쓰는 일은 알맞은 음이나 스텝 또는 기타리스트를 발견하는 것만큼 흥미롭진 않다. 그래서 그만큼 책은 오랜 시간을 필요로 한다. 그는 나에게 놀라운 접근법을 알려주었다. 그를 도와주는 한 명의 작가가 그가 원하는 것을 파악하지 못하자, 그는 내가 로스엔젤레스에서 직접 그에게 질문하고 그 답을 녹음하는 방법을 제안했다. 테이프를 글로 옮겨 적을 수 있고, 그는 그것을 읽고 덧붙이거나 하나의 이야기에서 다른 이야기를 떠올릴 수도 있었다. 전에 나는 인터뷰를 해 본적이 없어 서툴렀지만, 그와 일하는 것은 편했다. 우리는 엔시노 집에 있는 그의 방이나 도서관에서 테이프 레코더를 켜놓고 몇 일간 이야기를 하며 보냈다.

바닥에서부터 천장까지 책꽂이가 있고, 따뜻한 난로가 있는 곳이었다. 보통, 우리는 불 앞에 앉았고, 마이클은 다리를 꼬고 편하게 앉아 테이프 레코드를 신경 쓰며 인터뷰를 진행했다. 내가 해야 하는 일은 그의 가족과 어린 시절에 대한 이야기를 이어나가게 하고, 베리 고디의 모타운과 다이애나 로스가 그의 삶에 어떤 영향을 미쳤는지에 대한 이야기를 끄집어내는 것이었다. 그는 끊임없이 이야기하고, 우리는 녹음 테이프로 기록했다. 마이클은 그것을 읽어보고, 내용을 다듬었다.

저녁에 우리는 가끔 영화를 봤다. 그는 그의 친구이자 조언자인 캐런 랭포드Karen Langford와 나를 로스엔젤레스에 있는 아이들 박물관에 데려다 주었다. 그 박물관은 우리에게 항상 열려 있었다. 우리는 벨크로 벽에 닿지 않기 위해 뛰어 다니고, 회전하는 조명 앞에 서 있었으며, 플라스틱 공이 들어 있는 풀장으로 뛰어 들었다. 집으로 돌아오면서, 그는 운전사에게 할리우드 근처에 내려달라고 부탁했고 차에서 내려 《할리우드 워크 오브 패임Hollywood Walk of Fame》에서 춤을 추었고, 노래를 불렀다. 그와 함께 있으면 즐거웠다. 그는 신나고, 재밌고, 영리한 사람이다.

283

그 뒤에 나는 뉴욕으로 돌아와 더블데이 출판사에서 일을 했고, 마이클은 비디오 제작과 작곡 그리고 다음 앨범을 녹음하느라 바쁜 나날을 보냈다. 마침내, 작가는 그동안 모은 자료를 주었고, 서술 형식으로 빠르게 그 모양을 다듬었다. 스테판 데이비스Stephen Davis가 마지막 원고를 주었을 때, 마이클은 아시아 공연 중이었다. 우리 회사 회장인 알베르토 바이텔Alberto Vitale은 이 일을 빨리 끝내길 원했지만 결국, 사 년이란 시간이 걸렸다. 마이클은 일본에 있었고 월드투어에서 돌아와야 글을 읽고 승인해줄 수 있는 상황이었다.

마이클은 이렇게 말했다.

"오세요."

나는 "일본으로요?"라고 되물었다. 조금 충격적이었다. 그는 간결하게 답했다. "왜? 어때서요?" 그래서 나는 마이클과 일을 하는 사람에게 전화를 해서 《문워크》의 마지막 원고를 끝내기 위해 투어에 참여할 수 있는지 물어보았다. 나는 마이클과 호주에서 만나기로 했다. 일본보다는 스케줄이 덜 빡빡했기 때문이다. 그는 멜버른, 시드니, 브리즈번을 갈 계획이었다. 나는 멜버른에서 그와 함께 했고, 내가 원하는 것을 얻을 때까지 그와 함께 지냈다. 나는 멜버른에서 처음 마이클 잭슨의 공연을 봤다. 그는 정말 열정적인 공연을 선보였다. 나는 몇 번이고 그의 공연을 보았고, 그는 끊임없이 공연을 했다. 관중은 엄청 났고 그에게 미쳐있었다. 나는 다른 곳에서 그의 공연을 본 적은 없지만, 호주사람들이 마이클 잭슨을 좋아한다는 것은 장담할 수 있다!

공연이 없는 밤에만 오직 책에 관련된 일을 할 수 있었다. 나는 뉴욕에서 두 개의 원고를 가지고 왔고 그에게 어떻게 일을 하고 싶은지 물었다. 나는 그에게 이렇게 제안했다. 내가 같은 페이지를 읽는 동안 그도 같은 부분을 읽고, 수정해야 할 부분을 지적해 달라고 말이다. 그는 당황한 표정으로 나를 바라보았다. 나는 이렇게 말했다.

"아니면, 내가 당신에게 읽어 줄 수도 있어요. 그럼 당신이 수정이 필요한 곳에서 중지시키면 되고요." 그는 웃으면서 말했다.

"그게 더 좋은 생각이네요. 읽어주세요."

그래서 1987년 11월의 2주 동안, 멜버른과 시드니에서, 마이클이 시간이 있을 때, 나는 청바지를 입고 그의 옆에 앉았고, 그는 내 반대

방향에 빨간 잠옷을 입고 앉았다. 그리고 나는 《문워크》의 모든 것을 읽어 주었고, 그는 인내심을 가지고 잘못된 것을 고치고 내용을 덧붙이며 마지막을 향해 갔다. 마지막 페이지까지 끝냈을 때, 우리는 서로를 축하했고, 마지막 원고를 가지고 미국으로 돌아왔다.

12월, 로스엔젤레스에서 나는 그를 다시 만났다. 투어를 마치고 우리는 책 표지와 홍보, 프로모션에 대해 논의했다. 그는 텔레비전이나 라디오에서 모습을 드러내길 꺼려서, 책이 나왔을 때 나는 그와 이야기할 수 있는 유일한 사람이었다.

그리고 난 뒤, 어떤 사전 언급도 없이 마이클은 편집을 막 끝내기 직전에 책에 대해 자신이 없다고 했다. 그의 변호사이자 친한 조언자인 존 브란카John Branca는 책을 만드는 일에 관여되어 있었는데 나를 더블데이라고 부르면서 그 소식을 전해주었다. 나는 깜짝 놀랐다. 책이 완전히 마무리되었는데 말이다. 서론, 사진, 디자인된 표지, 모든 것은 인쇄될 준비가 되어 있었다. 재키와 나는 책이 나오는 것이 기뻤지만, 마이클이 마음을 바꾼 것이다.

일주일 동안, 우리는 이 문제를 가지고 씨름을 했다. 나는 그가 갑자기 노출되는 것을 두려워한 것이라 생각했다. 그는 지금까지 자신과 가족, 그리고 그의 삶에 대해 그렇게 많은 이야기를 한 적이 없었다. 그는 전에 책을 낸 적이 없었지만, 책의 파급력은 대단했다. 한번 말이 기록되어 나가기 시작하면, 그것은 영원히 남기 때문이다. 사람들이 좋아할까? 그가 너무 많이 자신을 보여줬을까? 그는 사람들이 자신의 생각과 감정을 안다는 것을 편하게 생각할까? 결국, 그는 진정되었고, 우리는 일을 진행시킬 수 있었다.

《문워크》는 곧 뉴욕 타임즈 베스트셀러 1위를 차지했고, 세계적인 베스트셀러가 되었다. 그 해가 1998년이었고 우리는 물론 마이클도 정말 기뻐했고 자랑스러워했다.

나는 여러분이 《문워크》를 좋아하고, 진짜 마이클 잭슨이 느끼는 것처럼 느꼈으면 좋겠다. 그는 정말 놀라운 사람이다. 나는 지금까지 그런 사람을 만난 적이 없다. 그리고 영원히 없을 것이다.

샤에 아르허트

뉴욕

2009

옮긴이 공경희

서울대학교 영문학과 졸업 후 번역 작가로 활동 중이며, 성균관대 번역 TESOL 대학원 겸임 교수를 역임
하였다. 번역서로《시간의 모래밭》《매디슨 카운티의 다리》《모리와 함께한 화요일》《타샤의 정원》《호밀
밭의 파수꾼》《파이 이야기》《셜록 홈즈-네 개의 서명》《프레디 머큐리》《셜록 홈즈-주홍색 연구》《퀸 인
3D》등이 있고, 지서로 북 에세이《아직도, 거기 머물다》가 있다.

개정 1쇄 펴낸 날 2019년 7월 9일

지은이 마이클 잭슨 (Michael Jackson)
옮긴이 공경희
펴낸이 장영재
펴낸곳 미르북컴퍼니
전 화 02) 3141-4421
팩 스 02) 3141-4428
등 록 2012년 3월 16일 (제313-2012-81호)
주 소 서울특별시 마포구 성미산로32길 12, 2층 (03983)
E-mail sanhonjinju@naver.com
카 페 cafe.naver.com/mirbookcompany

ISBN 979-11-6445-081-7 (03840)